小学館文庫

十手家業　かぎ縄おりん

金子成人

小学館

目次

十手家業　かぎ縄おりん

第一話　おぼろ駕籠

一

文政九年（1826）の夏、関東一円は旱魃《かんばつ》に見舞われた。多くの農作物は不作となって高値を呼び、江戸の青物河岸では混乱が見られたという。

夏が終わる頃になって、ようやく三日ほど降り続いた雨も、六月末にやんだ。暦の上では秋となった七月一日のこの日、江戸は青空に覆われている。

六つ（六時頃《ごろ》）という刻限を過ぎたばかりの日本橋堀留《ほりどめ》一帯は、東の空が大分明るくなっていた。

堀留二丁目の駕籠屋《かごや》『駕籠清《かごせい》』を出たおりんは、小船町《こぶなちょう》三丁目から伊勢町《いせちょう》堀《ぼり》に架かる荒布橋《あらめばし》を渡って、江戸橋《えどばし》の北詰へと急いでいる。

おりんが身に付けているものは、水浅黄《みずあさぎ》色の細股引《ほそももひき》に、尻《しり》っ端《ぱ》折《しょ》りにした紺の片滝《かたたき》縞柄《じま》の白の単衣《ひとえ》で、秋になったからといって、特段、着る物を替えてはいない。

この夏、武士や町人の男の間で白張りの日傘が流行《はや》ったのだが、日が昇ったばかりの日本橋川《にほんばしがわ》ではそんな傘など見かけることはなかった。

江戸橋周辺では、高間河岸《たかまがし》、地引河岸、魚河岸、芝河岸などの河岸があり、川は荷船で混み合い、陸では人足が荷を揚げたり河岸から船に積みこんだりしている。その間隙《かんげき》を縫って棒手振《ぼてふ》りや荷車が走り回るというくらい騒然としている場所だった。

おりんが江戸橋を渡ろうとしたとき、

「馬鹿野郎」

魚河岸の方から男の怒鳴り声がした。

声の方を見ると、人とぶつかったらしい棒手振りが、盤台を提げた天秤棒《てんびんぼう》ごと日本橋川に落ちていた。

人足や知り合いの魚屋らしい男たちが、岸から縄を放《ほう》り投げたり竹竿《たけざお》を差し出したりしているが、落ちた男には届かない。

「おれはいいから、盤台と天秤棒を助けてやってくれっ」

落ちた男には、多少泳ぎの心得があるらしく、立ち泳ぎをしながら岸に叫んだ。

だが、盤台も天秤棒もゆっくりと川の中ほどへと流れている。

通り掛かりの船から船頭が竹竿で引っかけようとするが、うまくいかない。

おりんは袂《たもと》から鉤縄《かぎなわ》を取り出すと、急ぎ鉤《かぎ》に繋《つな》がっている細縄を解《ほど》いて、橋の袂近くに立った。

鉤縄を頭上で回し始めたおりんは、風を切る音が高まった直後に右手の縄を放した。川面《かわも》に向かって飛んだ鉤縄が、ひとつの盤台の紐《ひも》に絡まったのを眼にすると、左手に摑《つか》んでいた細紐を急ぎ手繰《たぐ》る。

盤台の紐は、鉤縄に引っ張られておりんの立つ橋の袂に引き寄せられ、見物の一人の手によって岸に上げられた。

「ありがとう」

声を掛けたおりんは、すぐに鉤縄を頭上で回すと、流れて来るもうひとつの盤台に向けて投げた。

鉤が盤台の縁《へり》に引っ掛かったのを見て、おりんはゆっくりと細縄を手繰り寄せる。

先刻、盤台を引き上げた見物人が袂の岸辺に腹這《はらば》い、またしても近づいた盤台を引き上げてくれた。

「こっちはいいから、姐《ねえ》さん、天秤棒が橋の下を通り過ぎるよ」

盤台を引き上げた見物人が、江戸橋の下を指し示した。

おりんが見たところ、流れている天秤棒までの隔たりは、袂から投げた鉤縄が届きそうには見えない。

長さ二十八間（約五十一メートル）ほどの日本橋も似たような長さの江戸橋も、太鼓橋のような橋の真ん中は高くなっていて、鉤縄が川面に届くとは思えない。

だが幸いにして、天秤棒は橋の袂側を流れている。

おりんは、橋の袂から四、五間（約七・二から九メートル）先に歩を進めると、下流側の欄干をまたぎ、

「誰《だれ》か、あたしの帯を掴んでおくれ」

と声を張り上げた。

「おう」とか「おれが」という男の声がして、橋にいた人足らしい男たちの手が、力強くおりんの腰帯を掴んだ。

踏ん張ったおりんの足の下に、川面を流れる天秤棒がのんびりと姿を見せた。

おりんは、鉤縄を顔の前で矢車のように回すと、狙《ねら》いを定めて川面に放った。

鉤縄が天秤棒に巻き付いていれば引き上げられるのだが、自信はない。

恐る恐る細紐を手繰ると、おりんは手ごたえを感じた。

紐が解けないように手繰ると、鉤縄は天秤棒に巻き付いていた。

天秤棒の両側には、盤台の紐がずれないように小さな突起が作られており、それが鉤縄がずり落ちることを防いでいたようだ。

天秤棒がおりんの手に握られると、人足や船頭たちから歓声が上がった。

おりんが欄干をまたいで橋の上に立つと、

「姐さん、ありがとうよ」

川に落ちて濡《ぬ》れネズミとなった棒手振りが、空の盤台を抱えて駆けつけ、おりんに向かって頭を下げた。

「その姐さんは、堀留の目明かし、おりんさんだよ」

どこからかそんな声が上がった。

川に落ちた棒手振りに天秤棒を手渡し、

「それじゃあたしは、急ぎますんで」

おりんは笑みを浮かべてそういうと、江戸橋を渡り始めた。

足早に歩きながら、水に濡れた細縄を小さな輪にしていると、鉤の尖《とが》りに紙屑《かみくず》がへばりついているのに気付いた。

紙屑の形から、水に流された形代《かたしろ》のようである。

六月晦日《みそか》の昨日は、『夏越《なごし》の祓《はらえ》』の日であった。

おりんは、例年通り、神田明神《かんだみょうじん》で茅《ち》の輪《わ》潜《くぐ》りをして、紙で作った形代を神田川に流したばかりだった。

人間は生きているだけで知らず知らずのうちに罪を犯し、穢《けが》れがつくという言い伝えがあった。

茅《かや》で作った大きな輪を潜ることで、半年の穢れを祓うというのが『夏越の祓』の謂《いわ》れである。

穢れを祓うには水に入って清めるのが本来の形だが、近年は生身の体の代わりに紙で作った形代を水に流すようになっていた。

日本橋川を挟んだ対岸の方から、微《かす》かに触れ太鼓の音が届いている。

日本橋葺屋町《ふきやちょう》や堺町《さかいちょう》の芝居小屋の、幕開けを知らせる太鼓かも知れない。

去年の七月、『中村座《なかむらざ》』で初演された『東海道四谷怪談《とうかいどうよつやかいだん》』は大当たりとなって、今年も再演されるらしいという町の噂《うわさ》は、おりんの耳にも入っていた。

江戸橋を渡り、本材木町《ほんざいもくちょう》一丁目へ歩を進めると、楓川《もみじがわ》に架かる海賊橋《かいぞくばし》と呼ばれる小さな橋を渡った先の八丁堀《はっちょうぼり》へと足を向けた。

八丁堀には、南北奉行所の与力や同心の役宅があり、おりんが手札を貰《もら》っている北町奉行所の同心、磯部金三郎《いそべきんざぶろう》の住まいが亀島町《かめじまちょう》にあった。

目明かしの多くは、手札を貰っている同心の役宅に行き、町中の出来事などを報告したり、その日の指示を仰いだりするのが日課のようになっていた。

磯部金三郎の役宅は、『茅場町富士《かやばちょうふじ》』と称される富士塚のある、稲荷天神《いなりてんじん》にほど近いところにある。

奉行所の同心が、町の者たちから『八丁堀の旦那《だんな》』と呼ばれるのは、役宅が八丁堀にあるからだ。しかし、八丁堀に住むのは与力や同心ばかりではない。医師や学者、絵師や検校《けんぎょう》、能楽師など、様々な職能者も住み着いている。

磯部家の戸口で声をかけたおりんは、顔馴染《かおなじ》みになった老下僕から、

「どうぞ、庭にお進みください」

勧められるまま建物の左手にある庭を通って、縁側近くに控えたところであった。

「ご苦労」

廊下の奥から現れた着流し姿の金三郎を、おりんは腰を折って迎えた。

「今日は、頼みごとがあったので、ちょうどよかった」

そういうと、金三郎は縁に腰掛け、沓脱石《くつぬぎいし》に置いてあった草履《ぞうり》に両足を載せた。

「ご赦免になった流人たちを乗せて八丈島《はちじょうじま》を出た船が、三宅島《みやけじま》や新島《にいじま》などを経て、六日後の七日に江戸に入ることになっているのだが、おりんには、流人船到着時の警固を頼みたい」

「はい」

おりんは即答した。

金三郎によれば、流人船が到着するときは、御船手組《おふなてぐみ》や奉行所からも警固の人員が配され、同心の手足となっている目明かしにも警固の要請がかかるという。

「嘉平治にしても、ご赦免になった流人を乗せた船が着くことがあれば警固に加わっていたから、様子が分からなければお父《と》っつぁんに尋ねることだな」

「はい」

おりんは素直に頷《うなず》いた。

金三郎が口にした嘉平治というのは、おりんの父親である。

その嘉平治のもとで一月ほどの下っ引き修業を経たおりんは、二月前の五月に嘉平治から十手を譲り受け、晴れて目明かしになったばかりである。

かつて嘉平治が受け持っていた堀留一丁目と二丁目、堀江町入堀《ほりえちょういりぼり》の両岸の堀江町一丁目から四丁目や杉森稲荷《すぎのもりいなり》社のあたりから中村座、市村座《いちむらざ》という芝居小屋のある堺町、葺屋町、その南の堀江六軒町《ろっけんちょう》と堺町横町《よこちょう》までを担う重責が、おりんの両肩にずしりと載ったのだ。

「流人船が着くのは、七日の早朝となっている。従って、日の出前には、霊岸島《れいがんじま》の御船手組屋敷近くの将監《しょうげん》河岸に出張ってもらいたい」

「承知いたしました」

おりんは、深々と腰を折った。

おりんが堀留に戻ってきたのは、五つ（八時頃）まであと四半刻《しはんとき》（約三十分）という頃おいである。

八丁堀の磯部家で四半刻ばかり話をしたのち、来た道を戻ろうと海賊橋の方へと足を向けたおりんは、丹後田辺藩《たんごたなべ》、牧野豊前守《まきのぶぜんのかみ》家上屋敷の角でふと足を止めた。

日本橋川の南岸にある牧野家の屋敷の外は茅場河岸《かやばがし》と呼ばれ、対岸の小網町《こあみちょう》と船で結ばれている鎧ノ渡《よろいわたし》の船着き場があった。

牧野家屋敷の角から、渡し船に乗り込む人の姿を見たおりんは、鎧ノ渡へと駆け出したのだった。

鎧ノ渡の渡し船は何人かの船頭が交代で櫓《ろ》を漕《こ》ぐのだが、そのうちの一人、市松《いちまつ》は、日本橋の薬種問屋『宝珠堂《ほうじゅどう》』に住込み奉公をしているおりんの実兄、長吉《ちょうきち》の幼馴染《おさななじ》みである。

その市松が操る猪牙船《ちょきぶね》に乗り込んだおりんは、朝の川風を顔に受けながら日本橋川を横切って、小網町の船着き場で船を下りたのである。

おりんの生家が営む駕籠屋『駕籠清』は、堀江町入堀の北端を東西に延びる表通りに面した堀留二丁目の角地にあった。

角に立つ二階建ての家の軒には、白木に墨で『駕籠清』と書かれた看板が掛かっている。

角地から北へと伸びる小路は、大伝馬町《おおでんまちょう》へも瓢箪新道《ひょうたんじんみち》へも通じていた。

『駕籠清』の帳場への出入り口は、表通り側と小路側にもある。

表通りの出入り口の左手にある、扉のない木戸門を潜ったおりんが声を張り上げた。

「ただいま」

帳場にも通じている十坪ほどの庭には、駕籠舁《か》き人足の円蔵《えんぞう》、伊助《いすけ》、音次《おとじ》、それにおりんとは幼馴染みの完太《かんた》らが、二人一組になって、並べられた四手《よつで》駕籠の掃除と点検に勤《いそ》しんでいた。

人足たちからはいつも通り、特段改まることもなく、「おかいり」だの「おはよう」だのという威勢のいい声が返ってくる。

「堀留の親分、お帰り」

笑みを含んだ声を掛けたのは、木戸門近くに設《しつら》えられた藤棚《ふじだな》の縁台で煙草《たばこ》を喫《の》んでいた人足頭の寅午《とらうま》だった。

「寅午さん、あたしは親分といわれるほど働いちゃいないんだから、からかったら怒るよ」

おりんが、拗《す》ねたふりをして毒づくと、

「朝っぱらから怒られちゃ敵《かな》わねぇや」

にやりと笑った寅午は、縁台の縁に軽く煙管《きせる》を打ち付けて、吸殻を落とした。

揉上《もみあ》げが濃く、すぐには年恰好《としかっこう》を見定めにくいが、三十代の半ばである。

「おりん、帰ってたのかい」

番頭のお粂《くめ》が、開けっぱなしの障子戸《しょうじど》から庭に出てくると、

「ええと、お迎えの行先と刻限を確かめておくよ」

手にしていた帳面を開いた。

「円蔵と伊助は、五つ半（九時頃）に通《とお》一丁目、呉服町新道《ごふくちょうじんみち》の海苔屋《のりや》『磯辺屋《いそべや》』さん。音次と完太は、五つの四半刻後に、村松町《むらまつちょう》の御家人、神尾《かみお》様のお屋敷だから、そろそろ出ないといけないよ」

「へぇ。あたしらはすぐにでも飛び出せますから」

音次はそういうと、手にしていた薄い座布団を丸竹の長棒にぶつけて埃《ほこり》をはたいた。

「頭、巳之吉《みのきち》と伝八《でんぱち》に今日のことは伝わってるんだろうね」

「へい。昨日、帰りしなにいっておきましたんで、おっつけ現れますよ」

寅午の返事を聞くと、お粂は帳面を閉じた。

「行ってきます」

前棒《さきぼう》を担いだ音次が威勢のいい声を張り上げて、後棒の完太と二人、庭から表通りに飛び出して行った。

「お祖母《ばあ》ちゃん、お父っつぁんはいるの」

「嘉平治さんは、ほんの少し前にお出かけだよ。中に朝餉《あさげ》の支度をしてあるから、お

前も早くお食べ」

　そう言われたおりんは、素直に帳場の土間へと足を踏み入れた。

　おりんの死んだ母親、おまさの母であるお条は、『駕籠清』の番頭を務めている。娘婿《むすめむこ》の嘉平治を、〈さん付け〉で呼んでいるが、二人の間に遠慮や溝があるわけではない。

　帳場の土間を上がったおりんは、その奥の囲炉裏《いろり》の間を通って、障子の開いた居間に入った。

　神棚のある壁の近くに長火鉢があり、その脇《わき》に箱膳《はこぜん》がひとつ置かれていた。茶碗《ちゃわん》と椀《わん》、湯呑《ゆのみ》、箸《はし》を出して蓋《ふた》に並べたところに、

「そうそう、朝餉を摂《と》り終えたら、お前に頼みたいことがあるんだよ」

　そういいながら、お条が入ってきた。

「なによ」

「太郎兵衛《たろべえ》のところに、届け物をしてもらいたいんだよ」

　お条の口から、おりんの叔父の名が出た。

　お条が生んだ惣領の太郎兵衛は、『駕籠清』の跡継ぎの道から外れて、歌舞音曲《かぶおんぎょく》やら絵師を目指したため、嘉平治がおまさの婿に迎えられたのだと、後年、おりんは知った。

「いいよ」

おりんが引き受けると、

「それがさ、二、三日前、太郎兵衛に家を貸してる家主の倅《せがれ》っていうのがここに来ていうんだよ。太郎兵衛さんが、秋に着るものが欲しいと言っておいでですって」

「分かった」

「すまないね。その代わり、わたしが台所からご飯やら味噌汁《みそしる》を運んでやるよ」

お条は、茶碗などの載った箱膳の蓋を持った。

「そんなこといいよ。雪が降ったらどうするの」

「その時はその時さ。ははは」

蓋を抱えたお条は、浮かれたように、囲炉裏の間の奥にある台所へと出て行った。

二

神田川に架かる和泉橋《いずみばし》を渡ったところで、鐘の音が聞こえた。

日本橋本石町《ほんごくちょう》の時の鐘が、四つ（十時頃）を知らせはじめたようだ。

風呂敷包《ふろしきづつ》みを抱えたおりんは、橋を渡ったところで、ふと足を止めた。

太郎兵衛は以前、両国橋《りょうごくばし》の東岸の本所藤代町《ほんじょふじしろちょう》に住んでいたのだが、先月、神田佐久《かんださく》間町《まちょう》一丁目に移り住んだばかりで、おりんが新しい住まいに行くのは今日が初めてのことだった。

神田川の北岸に沿って続く街並みのほとんどが、神田佐久間町である。

二月前、『駕籠清』に現れた太郎兵衛が残して行った書付には、〈乾物屋と笊屋《ざるや》の間の平屋〉だと記されていた。

「乾物屋と笊屋に挟まれた平屋の家を知りませんか」

おりんが、神田佐久間町一丁目の小店《こだな》を尋ねて回ると、三軒目に飛び込んだ味噌屋の老爺《ろうや》が、

「最初の小路を右に入って二軒目が乾物屋だよ」

表に出て来て、指をさして教えてくれた。

礼を言って先の小路に入って行ったおりんは、乾物屋と笊屋に挟まれた平屋の一軒家を見つけた。

格子戸の嵌《はま》った板屋根の門の中にある家は小ぶりながらも、お屋敷の庭にある離れのような趣があった。

「叔父さん、りんだけど」

門の中に入ったおりんが戸を開けて声を張ると、

「おう。上がんな」

三和土《たたき》から続く廊下の奥から、太郎兵衛の声がした。

三和土を上がった先の障子戸の前を左に折れると、陽光の射《さ》し込む小さな庭があり、その縁側で絵筆を執っている太郎兵衛の姿があった。

近づいたおりんは四つん這いになって覗《のぞ》き込むと、紙には若い女の顔が描かれており、太郎兵衛は今まさに、女の唇に紅色を施そうとしていた。

「だれなの」

「ん」

絵の女の唇に紅を注《さ》すのに集中している太郎兵衛から、気のない声が返ってきた。

「若いね」

その問いかけには、

「二十二」

と、まともな返事が来た。

「だれかのおかみさんかな」

「人の女房だったが、半年前に出戻った」

絵の唇に紅を注し終わると、筆を置いた太郎兵衛は、描《か》きかけの絵を手にして近づけたり遠のけたりして、出来具合を見た。

「ここまではよしと」

そう呟《つぶや》いて、太郎兵衛は縁側に胡坐《あぐら》をかいた。

「お祖母ちゃんに言いつかって、着物を持ってきたのよ」

おりんは、持参した風呂敷包みを太郎兵衛の前に置く。

「すまねぇな」

そういって、包みの中から三枚の着物を取り出すと、

「これは、おれのもんじゃないか」

太郎兵衛は意外そうな顔つきをした。

「そうよ。叔父さんが両国の家を出た後、千波《ちなみ》さんがわざわざ届けてくれたものだって、お祖母ちゃんがいってた」

おりんがそういうと、太郎兵衛は「へぇ」と、掠《かす》れたような声を洩《も》らした。

千波というのは、太郎兵衛も師事していた絵師のもとで知り合った十五も年下の妹弟子だった。

その二人がひとつ屋根の下で暮らし始めてから、絵の才を発揮させた千波は、師匠から花村嘉良《はなむらかりよう》という雅号を授かり、人気の女絵師となったのだ。

ところが、太郎兵衛の絵は世の中からほとんど顧みられることはなかった。

にもかかわらず、千波は太郎兵衛を大切に扱った。

暮らしの掛かりの大部分は千波の稼ぎで賄われたが、そのことで太郎兵衛を疎《うと》んじ

ることは全くなかった。

だが、絵師として売れない自分に焦った太郎兵衛は、書画会を催さないかと近づいてきた男に十六両（約百六十万円）を騙《だま》し取られるという失態を演じたのだ。

そのことがあってから『駕籠清』に現れた太郎兵衛は、『千波に愛想をつかされて両国の家を追い出された』と口にした。

だが、後日、千波に呼び出されたおりんと嘉平治は、別れを言い出したのは愛想をつかしたわけでもなく、ましてや嫌いになったのでもないという本心を打ち明けられたのだ。

妹弟子に負けまい、追い越そうという焦りにもがく太郎兵衛を見るのは辛《つら》いし、息苦しいと正直に打ち明けた千波は、『太郎兵衛さんは、わたしからは、離れた方がいいんです』とも口にしたのだ。

「千波さんは、着物や帯の他にも、履物や絵筆、三味線《しゃみせん》、それに書き溜《た》めてた絵も届けてくれたから、欲しいものがあったら、堀留に取りにくるようにってお祖母ちゃんがいってました」

「うん、分かった。それにしても、おれの荷物を届けていたなんて、千波は、袖《そで》にしたおれにまだ惚《ほ》れてるのかねぇ」

独り言のようにそう口にすると、太郎兵衛は、へへへと笑って脂下《やにさ》がった。

「それと、お祖母ちゃんから、茅の輪潜りを済ませたか聞いておけって」

「潜ってねぇ」

「やっぱりね。そしたら、十日には浅草寺《せんそうじ》の四万六千日《しまんろくせんにち》の参詣《さんけい》に行くようにって」

「それは承知した」

太郎兵衛は大きく頷いた。すると、

「わたしです」

表の戸が開け閉めされた音の後に、若い男の声がして、

「縁側だよ」

太郎兵衛が返答した。

「これは、お客様でしたか」

縁側に現れた、二十五、六ほどの商家の若旦那風の男が、おりんを好奇の眼《め》で見た。

「この人はね、おれにこの家を貸してくれた、日本橋の扇屋《おうぎや》の跡取り息子の正吉《しょうきち》さんだ」

太郎兵衛がおりんにそういうと、

「こちらは」

正吉はおりんを見たまま問いかけた。

「おれの、死んだ姉の娘だよ」

「あ。というと、例のあの、鉤縄使いの堀留の女目明かしの」

そこまで言うと、正吉は大きく口を開け、眼を丸くした。

「りんといいます」

「なるほどなるほど。太郎兵衛さんに噂は聞いておりましたが、唐輪髷《からわまげ》といい、細股引といい、勇ましい装《な》りでございますねぇ」

正吉は感心したようにしきりに首を振り、

「おや」

と、紅を注した女の顔の絵に眼を留めた。

「これは、お三和《みわ》さんですね」

「うん」

正吉の問いに、太郎兵衛は愛想のない返事をした。

「お三和さんというと」

おりんが囁《ささや》くような声を出すと、

「太郎兵衛さんの一番弟子ですよ」

正吉は、太郎兵衛が描いた、二十二の出戻り女の名を口にした。

「正吉さん、外をほっつき歩いていいのかい」

太郎兵衛が話を逸《そ》らすように問いかけると、

「なにを仰《おつしや》います太郎兵衛さん。うちの番頭をはじめ奉公人がしっかりしているから、わたしなんか店にいなくったってどうということがないことぐらい、ご存じゃありませんか。それに今日は、不忍池《しのばずのいけ》で昼餉を摂る取り決めでした」

「お。そうだった」

太郎兵衛は、軽く自分の膝《ひざ》を叩《たた》く。

「それじゃ、あたしは」

おりんが腰を上げると、

「おりんさんもご一緒に如何《いかが》ですか。不忍池の鰻《うなぎ》」

「ありがとうはございますが、あたしには町内の見回りがありますので、ここで」

正吉に軽く頭を下げると、

「叔父さん、また」

太郎兵衛に声を掛けて、おりんは腰を上げた。

神田佐久間町と堀留は、片道を四半刻足らずで行ける道のりだった。

佐久間町から『駕籠清』に戻ったおりんは、お粂が着いている帳場の前に両足を投げ出して、太郎兵衛が絵に勤しんでいたこと、家主の倅である正吉が現れたことなどを報告したばかりである。

帳場の土間にも庭にも駕籠や駕籠舁き人足の姿はなく、どうやら、みな出払っているようだ。

「こんにちは」

表通りに面した出入り口から、土間に入ってきたのは、お栄《えい》だった。

「いらっしゃい」

板張りに膝を揃《そろ》えながら、おりんが迎えた。

「おや。わざわざお越しとは珍しい」

お粂が、算盤《そろばん》を弾《はじ》く手を止めて、土間のお栄に眼を向けた。

「嘉平治さんに話があったんですが、おいでですか」

「それが、朝っぱらから出かけてて、まだ帰らないんだよぉ」

お粂は、困ったもんだといわんばかりに顔をしかめた。

「お父っつぁん、朝からどこに行ったのさ」

「深川《ふかがわ》の昔馴染みの病気見舞いのあと、日本橋京橋《きょうばし》の御贔屓筋《ごひいきすじ》を何軒か訪ねるといってらしたがね」

お粂がそういうと、

「そしたら、また出直しますよ」

お栄は出入り口の方に足を向けた。

「戻ってきたら、『あかね屋』に行くように言おうか」

お条がそう声を掛けると、足を止めたお栄はほんの少し迷い、

「ううん。やっぱり、わたしの方から出向いてきますから」

笑みを作って返事をし、表へと出て行った。

するとすぐ、

「お栄さん、なんだか思い詰めてたね」

お条がおりんに首を伸ばし、思わせぶりな物言いをした。

「そうかなぁ」

お条がいうほど、思い詰めているようには、おりんには見えなかった。

「なにかあるね」

小さく独り言《ご》つと、お条は算盤を弾き始めた。

今さっき、お条が口にした『あかね屋』というのは、三光新道《さんこうじんみち》でお栄が営む居酒屋の屋号である。

堀留からほど近い通旅籠町《とおりはたごちょう》生まれのお栄は、幼い時分から五つ年上のおりんの亡き母、おまさを姉のように慕っていたと聞いている。

しかも、病の床にあったおまさが、嘉平治の後添えにはお栄をと言い残して死んだことを、五年が経《た》った今でも、お条は気にしているような物言いをすることがある。

嘉平治とお栄の間が近しくなるのは、死んだ娘の母親としては、複雑な思いがあるのかもしれない。

「お祖母ちゃん」

片方の障子が開いた出入り口の先に眼を留めたおりんが、思わず呟きを洩らした。

お粂が顔を上げると同時に、嘉平治がお栄を伴って土間に入ってきた。

「瓢箪新道の『薩摩屋《さつまや》』さんの前でばったりお会いしまして」

お栄は、おりんの幼馴染みであるお紋《もん》の生家が営む煙草屋の名を口にした。

「おれを訪ねた帰りだと聞いたんで、お連れしたよ。そこの囲炉裏のとこで話を聞こうじゃないか」

嘉平治は草履を脱いで土間を上がると、お栄の先に立って、帳場とは衝立《ついたて》で仕切られた囲炉裏端に案内した。

「そんなところじゃ話が洩れるし、どこかよその方がいいんじゃないのかねぇ」

お粂が、またしても思わせぶりな口を利くと、

「洩れて困るようなことはありませんが、御用を務めるおりんちゃんにも聞いてもらいたいし、わたしは、ここの方が助かります」

お栄からそんな事情が語られると、お粂は黙って頷いた。

「八年ほど前、わたしの亭主を刺して捕まり、八丈島に流された実の兄のことを、嘉平治さんもおりんちゃんも知っておいでだと思います」

話の場を囲炉裏端に移してすぐ、お栄は、嘉平治とおりんにそう口を開いた。

「あぁ」

嘉平治は小さく頷いた。

おりんがその詳細を知ったのはつい最近のことだが、嘉平治は、おまさと誼《よしみ》のあるお栄に降りかかった災禍を、町奉行所の同心や調べに当たった親しい目明かしから知らされたと聞いている。

亭主だった東次《とうじ》が、お栄の実の兄に刺されたことがもとで、二月足らず後に死んだ一件の発端は、二十年ほど以前に遡《さかのぼ》る。

通旅籠町の『さわい』という鰻屋の娘だったお栄は、鰻職人の東次と恋仲になった。二人の仲をお栄の親は認めず、東次は『さわい』を追い出された。

だが、東次が品川《しながわ》の料理屋の板場にいることを知ったお栄は、生家を飛び出して品川へ行き、ひとつ屋根の下で暮らした。

その後、お栄の二親が死ぬと、兄の増蔵《ますぞう》が『さわい』を引き継いだ。

しかし、奉公人たちと反りが合わない上に、客あしらいにも難のあった増蔵は、店の評判を落とした末、借金まみれになった『さわい』を放り出して行方《ゆくえ》をくらませたのだ。

夫婦になったお栄と東次は十年前、深川蛤町《はまぐりちょう》に『河端《かわばた》』という小体《こてい》な居酒屋を出した。

そこで出される鰻は、かつての『さわい』の味だと評判を呼び、次第に贔屓客がついた。

それから二年近くが経ち、お栄が三十二になったその年、店の評判を聞きつけた増蔵が『河端』に現れたのである。

初手は懐かしげにしていた増蔵も、酒が入るとお栄と東次に愚痴をこぼし、悪態をつくようになり、挙句の果てに、

「『さわい』を潰《つぶ》したのは、お栄と東次だ」

と、大っぴらに罵《ののし》るようになった。

それ以来、時々現れる増蔵に悪態をつかれるよりはと、金の無心にも応じていた。

しかし図に乗った増蔵に腹を立てたお栄はついに、無心を拒むことにした。

ところが、開店前の『河端』で、増蔵が東次から密《ひそ》かに金を受け取っているのを見たお栄は怒り、金を返せ返さないという兄妹《きょうだい》の言い争いとなった。

我慢の糸が切れたお栄は、自分の簪《かんざし》を引き抜いて増蔵に向けた。

すると、増蔵は板場の包丁を持ち出したのだ。

「義兄《にい》さん、やめてください」

止めに入った東次は増蔵と揉《も》みあいになった。

やがて、増蔵の包丁を腹に受けて、東次はうずくまった。

その場から逃げた増蔵は、十日後に捕まって、八丈島への遠島の刑を申しつけられたのだった。

増蔵が秋の流人船で江戸を離れてから半月後、療養中だった東次は息を引き取ったのである。

傷心のお栄が、三光新道で居酒屋『あかね屋』をはじめたのは、その翌年のことだった。

「話というのは、その増蔵さんのことかい」

嘉平治が、兄の名を口にしたお栄に向かって静かに問いかけた。

「実は、深川で世話になった目明かしの親分から、二月前、兄の増蔵が、ご赦免となって江戸に戻ると聞かされたんです」

「なんだって」

嘉平治が、声を掠れさせた。

「わたしはてっきり、江戸に戻る兄の身元引受人になれとでも言われたのだと思って、それは断りました。そしたら、ご赦免というのは、罪が消えたということじゃなく、遠島の刑から罪一等が減るだけで、兄は江戸に着いても勝手になるわけではないと聞かされました」

「兄さんの場合、遠島の罪の一等減ということだから、改めて重追放が申しつけられるはずだよ」

「重追放というと」

おりんが、低い声で嘉平治に尋ねた。

「武蔵《むさし》をはじめ、相模《さがみ》、甲斐《かい》、駿河《するが》、下野《しもつけ》、常陸《ひたち》あたりより遠方に追いやられることになる」

嘉平治の声に、息を詰めていたお栄がふうと細い息を吐いた。

「今朝、磯部様から六日後に着く流人船の近辺の警固をいいつかったけど、お栄さんの兄さんが乗って来る船だろうか」

おりんが口を開くと、

「おそらくそうだ」

嘉平治が大きく頷いた。

「わたし、どうしたらいいか心が決まらないんですよ。たった一人の身内として、霊岸島に行って、兄と一目顔を合わせた方がいいのか。島流しの憂き目に遭《あ》って、わたしを恨んでるんじゃあるまいかというのも気懸りだったもんですから、嘉平治さんに相談しようとこうして」

最後まで言い切れず、お栄は大きく息を継いだ。

「ご赦免になって船を下ろされた流人は、ほとんどが追放になるが、江戸を追われる前に顔を合わせたり話をしたりすることは大目に見られる。その日、将監河岸に行って、兄さんの心底を聞いてみちゃどうだい」

嘉平治の言葉に、お栄は迷いながらも、小さく頷いた。

「あれだねお栄ちゃん、忘れてた昔のことが、今になって顔を出すってのは、困ったもんだねぇ」

お粂が、帳場との仕切りになっている衝立から顔だけ出して、労《いたわ》りの声をかけた。

お栄は言葉もなく、ただ、小さく頭を下げて応《こた》えた。

三

西に傾いた日射しを浴びている堀江町入堀の西万河岸《にしよろずがし》を、灯籠《とうろう》売りとすれ違ったかと思うと、唐辛子売りが口上を述べながら現れて、伊勢町堀の方へと横切っていった。

ほどなく八つ半（三時頃）という頃おいである。

『駕籠清』の囲炉裏端でお栄の話を聞いた後、おりんは町内の見回りに出かけていた。

そのついでに、下っ引きの喜八《きはち》に会いに、神田須田町《すだちょう》の読売の版元に立ち寄った。

おりんが御用の筋で動くときは下っ引きを務めてくれるが、江戸の名だたる名所や寺社の場所などを記した細見《さいけん》や料理屋を相撲《すもう》番付に見立てた書付を売るのが喜八の本業である。

細見売りの他に、辻《つじ》に立って読売を売ることもある。

仕事柄外に出ていることが多いのだが、幸い版元にいた。

七月七日の早朝、流人船が着く将監河岸の警固を頼むと、

「承知した」

喜八は胸を叩いて頷いてくれ、

「弥五平《やごへい》兄ぃには、おれが伝えてやるよ」

と、もう一人の下っ引きの名を口にして請け合ってくれたのだ。

幼馴染みの男たちと夜の両国に繰り出すことになっているので、そのついでに弥五平の屋台に立ち寄るということだった。

弥五平の本業は、寺社の縁日や繁華な町の一角に屋台を置き、串《くし》のおでんや烏賊《いか》の煮《に》つけに鰊《にしん》の煮つけ、酒や団子などをひとつ四文（約百円）で売るところから、四文《しもん》屋《や》と呼ばれている商いである。

二十一の喜八は、十も年上の弥五平を『兄ぃ』と呼んで慕っていた。

堀江町入堀の北端で右に折れたおりんは、『駕籠清』の庭の木戸門を潜った。

「お帰り」

いきなり声を掛けてきたのは、藤棚の下の縁台に腰掛けていたお紋である。

もう一つの縁台には煙管を咥《くわ》えた寅午が足を組んで掛け、煙草の煙を秋空に向かって吐き出している。

「いつ来たのよ」

おりんが尋ねると、

「さっき」

お紋は笑みを浮かべた。

「頭と巳之吉さんに頼まれてた煙草を買いに行ったら、お紋さんが届けてくれるって言ってくれまして」

音次と二人して駕籠の具合を見ていた伊助が、丁寧な口を利いた。

「おりんちゃんがいるかと思って来たんだけどさ」

「ちょっと、目明かしのお務めに出てたのよ」

「だってね。でもそのおかげで、頭から面白い話を聞いたのよ」

秘密めかしたような声を出したお紋が、寅午の方に眼を向けた。

「おりんさんは聞いたことがおあんなさるでしょう。おぼろ駕籠の話」

「さぁ、知らない」

そういって、おりんは小首を傾《かし》げた。

「夜、行く手の辻をぼんやりと霞《かすみ》の掛かったような駕籠が通り過ぎるんだって。それが、幽霊が乗ってると言われる、おぼろ駕籠なの」

お紋が声をひそめてそういうと、

「客を乗せて吉原《よしわら》から日本橋に帰る途中、浅草御蔵《あさくさおくら》近くの大川端《おおかわばた》で、ぼんやりとした駕籠を見たことはあるが、幽霊の姿はなかったな」

伊助が口を挟んだ。

「いや、それはさぁ、月の明かりや常夜灯の加減で、通り過ぎる駕籠がぼんやり見えるだけのことじゃねぇのかね。ほら、水の張られた田んぼとか、川や海の近くじゃ、夜霧や靄《もや》がよく湧《わ》き出るから、それでぼんやり見えるだけのことじゃねぇかねぇ」

もっともらしい口を利いたのは、音次である。

「かなり前の話だがね」

いきなり口を開いた寅午が、縁台の角で煙管をはたいて吸殻を落とした。

「あの時も、ちょうど七月の半ばだった。たしか、十六日だから、盆の送りの夜だったよ。おりんさんの下っ引きを務めている喜八の親父《おやじ》の三五郎《さんごろう》が『駕籠清』の人足をしていた時分、品川からの帰りだった。月のない暗い夜道をおれら二人で空駕籠を担いで、芝田町《しばたまち》の高札場を通り過ぎたとたん、駕籠がどういうわけかずしりと重くなったんだよ」

寅午がしわがれた声をさらに低めると、おりんやお紋、それに伊助や音次までもが話に耳を傾けた。

「そのまま芝金杉《しばかなすぎ》のあたりまで進んだところで、駕籠がすっと軽くなってな。駕籠を止めて辺りを見回すと、東海道から奥の方に延びた小道を、光の玉がふわりと揺れながら、小さな寺の山門の中に入っていくのが見えたんだよ。おれと三五郎はなにも言わず駕籠を担いだら、チャリと音がした。もういっぺん駕籠を置いて、座布団をめくってみると、穴あき銭が四枚、置いてあった。それを見て、あぁそうか、我が家を訪ねていたゆかりの魂魄《こんぱく》が、おれと三五郎の駕籠に乗って寺の墓地に戻って行ったに違いないと、そう思って手を合わせたことがあったんだよ」

そういうと、寅午は首から下げた金入れ袋に手を差し入れた。

チャリと音を立ててお紋に差し出した掌《てのひら》に、四枚の穴あき銭があった。

それを見たお紋は「エッ」と声を詰まらせた。

「頭、その四文はなに」

おりんが声を張ると、

「届けてくれた煙草代ですよ。薩摩の煙草、一包四文」

そういってお紋の掌に四文を乗せると、寅午はにやりと笑った。


おりん、弥五平、喜八が、霊岸島南端の亀島川《かめじまがわ》に差し掛かったところで、東の空が白み始めた。

七月七日のこの日は、北町奉行所の同心、磯部金三郎から、流人船到着時の警固を要請された日である。

両国橋の東岸、本所尾上町《おのえちょう》に住まいのある弥五平は、早朝の務めに備えて、昨夜は『駕籠清』に泊まった。

夜明け前に堀留の『駕籠清』を出たおりんと弥五平は、小網町二丁目の明星稲荷《みょうじょういなり》前で喜八と合流して霊岸島を目指したのだ。

昨日まで、お栄は流人船の着く将監河岸へ行くのを躊躇《ためら》っていた。

「増蔵さんがご赦免となったのは、おそらく島で善行を重ねたからなんだよ。だから、昔、牙《きば》を剝《む》いていたころの兄さんとは別人になったと思った方がいいよ」

嘉平治からそんなことを聞かされたお栄は、将監河岸に行って、一目なりとも兄を見迎えると決めていた。

遠島の刑というのは、死ぬまで流された島で暮らすのが決まりだった。

改悛《かいしゅん》の情を抱き、流刑地での善行が認められたら、罪を一等減じられてご赦免の沙《さ》汰《た》が出ることはあった。

嘉平治が口にした通り、増蔵は前非を悔いて人が変わったと思っていいのかもしれない。

亀島川に沿って大川の方へ進んだおりんたち三人は、御船手組屋敷と境を接する将監河岸に差し掛かった。

八丈島から三宅島、新島などに立ち寄った大型の五百石船は、船底を川底にすることもあり、佃島《つくだじま》の沖合に停泊するのだと、おりんは嘉平治から聞いている。

沖合の船からは、檻《おり》の設えられた屋形船ほどの船に移されて、将監河岸に運ばれるとも聞かされた。

日の出前の将監河岸には、竹を組んだ柵《さく》が三方に巡らされており、御船手組の役人や捕《と》り手《て》などが動き回り、時折、南北の奉行所の役人たちが打ち合わせをする様子が見受けられる。

弥五平と喜八を伴ったおりんは、柵の内に入り、並んで立つ金三郎と仙場辰之助《せんばたつのすけ》の方へ足を向けた。

辰之助は歳のころ二十二、三だが、金三郎と同じ北町奉行所の同心である。

「おはようございます」

二人の同心の前で、おりんが声を掛けた。

「お。みんな、朝早くからすまねぇな」

「なんの」

おりんが腰を折ると、下っ引き二人もそれに倣《なら》った。

「ご赦免の者が暴れるということはあるまいが、流人に恨みを持つ者が襲い掛かることがあるから、それを用心してもらいたい」

金三郎がそういうと、

「あれを見ろ」

相変わらず高飛車な物言いの辰之助が、顔を動かして柵の外を指し示した。

竹の柵の巡らされた将監河岸近辺には、物見高い野次馬に混じって、手拭《てぬぐ》いや笠《かさ》などで顔を隠した老若男女が身をひそめている。亀島川に架かる高橋《たかばし》や対岸の湊稲荷《みなといなり》の境内《けいだい》にも佇《たたず》む人影は、おそらく流人を見迎えようという身内や友人たちだと思われる。

「あの中には、柵を出た流人に仕返しをしようと思ってるやつらがいてもおかしくねえ。怪しいもんを見つけたら容赦なく叩きのめして、縛るがよい」

金三郎の厳《げん》とした物言いに、

「はい」

おりんは、それこそ凛《りん》とした声で応えた。

「あれが、沖合に泊まっている船からご赦免になった流人をこっちまで運ぶ船だ」

そういって、辰之助が鉄砲洲《てっぽうず》の方を指さした。

檻の設えられた屋形船ほどの船が、大川の河口にある石川島《いしかわじま》と鉄砲洲の間の水路を沖合へと進んでいるのが将監河岸からも見えた。

「八丈島から北上した流人船は、一旦《いったん》停泊していた浦賀《うらが》を昨夜出て、夜明け前には佃島沖に着いたということだ」

辰之助は、抑揚のない声でおりんと二人の下っ引きに告げた。

檻付の船が佃島沖に向かってから半刻ほどが過ぎると、将監河岸周辺はさらに人が増えていた。

流人の身内や知人などに加え、島帰りの罪人を一目見ようという野次馬だろう。

おりんをはじめ、数人の目明かしたちは下っ引きとともに竹の柵の外に出て、不審なものがいないか見て回っている。

柵の中の船着き場付近には御船手組の役人や捕り手たちが並び、ご赦免の者を乗せた檻付の船が着くのを待ち受け、金三郎や辰之助ら奉行所の役人ら数名は、いざという時のため隅の方に佇んでいた。

「おりんさん」

低い声に振り向くと、少し後ろにいた弥五平が、一方をそっと指でさした。

少し離れた柵の外にお栄を伴った嘉平治がいて、柵越しに金三郎とほんの少しやり取りをしている。

お栄と引き合わせているところを見ると、嘉平治は、ご赦免になった増蔵を迎えに来たことを金三郎に告げたのかもしれない。

「お。来たぜ」

どこからか男の声が上がると、柵の外に集まっていた人たちから小さなどよめきが起きた。

「あれだよ」

喜八がおりんの脇に来て、石川島の方を指し示した。

檻付の船が将監河岸に向かって近づいているのが、おりんの眼に飛び込んだ。

将監河岸の役人たちの動きが慌ただしくなる中、やがて、檻付の船が船着き場に船腹を付けた。

人足たちが船の前後に走り、船を岸辺に素早く縄で舫《もや》う。

するとすぐ、幅二尺（約六十センチ）ほどの板の橋が岸辺から船に渡される。

将監河岸にいた御船手組の役人たちと捕り手らが船着き場に走ると、下船してくる流人たちの両側に立つ警備態勢を取った。

お栄は、二間（約三・六メートル）ほど離れたところで柵に手を掛けて船着き場に眼を凝らしているが、嘉平治は目明かしだったころの癖が抜けないのか、警戒するよう、さりげなく辺りに目配りをしていた。

また小さなどよめきが起こり、船の檻から引き出された流人が五人、縄を掛けられた姿で船着き場に下ろされ、そのまま、前後左右を町奉行所の役人と捕り手に囲まれて、三方に巡らされた柵の中に引き入れられ、一塊《ひとかたまり》にされて待たされた。

その流人たちの正面には、床几《しょうぎ》に腰掛けた南北町奉行所の与力二人と御船手組の船手頭一人、その左右に吟味方役人や捕り手たちが立ち並んでいる。

床几に腰掛けた役人たちの近くに、二人の奉行所の役人が立ち、そのうちの一人が用意していた書付を年かさの役人に手渡した。おそらく、嘉平治から聞いていた『御《お》構状《かまいじょう》』という処罰が書き記されたものだろう。

「武蔵、相模、上野《こうずけ》、下野、上総《かずさ》、下総《しもうさ》、安房《あわ》、常陸、東海道筋、木曽路《きそじ》筋、甲斐、駿河《するが》より内お構い。武蔵国足立《あだち》郡、千住《せんじゅ》村、善吉《ぜんきち》」

年かさの役人が『御構状』を読み上げると、

「へぇい」

縄を解かれた流人の一人が、奉行所の小者《こもの》に連れられて進み出た。

年かさの役人が『御構状』を折りたたんで善吉と呼ばれた男の懐《ふところ》に差し入れ、

「行ってよい」

　と声を投げかけた。

　すると、善吉は小者に付添われて、柵の外へと出て行く。

　追放刑を受けた者と江戸の内外を分けるあたりまで同道した小者は、府外へ去るのを見届けるのだということを、おりんは嘉平治から聞いていた。

　柵内では、『御構状』の読み上げを三人まで終えたが、いずれも『重追放』の沙汰であった。

　残った二人のうちの一人が、お栄の兄の増蔵と思われる。

　おりんが、少し離れた場所に立つお栄の様子を窺《うかが》うと、大きく息をついて両肩を上下させていた。

「同じく、江戸、通旅籠町、無宿、増蔵」

　年かさの役人が『御構状』を読み上げると、小者に押された四十くらいの日に焼けた男が、堂々と役人たちの方に進み出た。

「あっ」

　顔を覆っていた手を離して柵内を凝視したお栄の口から、息を呑《の》む声がした。

　何事かと嘉平治が顔を寄せると、お栄は、柵内を指さして何ごとか訴えている。

『御構状』を懐にした増蔵と呼ばれた男は、役人たちに一礼すると、小者に従って柵の外へと歩き去った。

その時、お栄を伴った嘉平治がおりんの傍を通りかかり、

「今の男は、兄さんじゃないそうだっ」

早口でいうと、柵内への出入り口の方へと向かった。

そのあとに、おりんと弥五平、喜八も続く。

「おれは柵内には入れねぇから、おりんお前、磯部様にそう伝えな」

柵の出入り口で足を止めた嘉平治から命じられたおりんは、急ぎ柵内に入ると、小走りで金三郎の近くに進んだ。

「増蔵の妹のお栄さんが、今出て行ったのは、兄さんじゃないと」

そういうと、おりんは嘉平治とお栄のいる方を指し示した。

「なに」

厳しい顔付きになった金三郎は、急ぎ出入り口近くに大股《おおまた》で近づくと、

「通旅籠町の増蔵ではないというのか」

お栄に問いかけた。

「はい」

お栄の声は、すっかり掠れている。

「兄の増蔵さんが島流しになってたかだか七年です。いくらなんでも見間違えるわけ

はないと、お栄さんはそう言うんです」

　嘉平治がお栄に代わってそういうと、

「分かった」

　短く返事をした金三郎は、最後の流人が柵外に出て行くのと同時に、『御構状』を読み上げていた年かさの役人のもとに駆け寄り、何事か耳打ちをした。

　すると、近くにいた奉行所や御船手組の役人たちにも動揺が広がり、辰之助は近くにいた目明かしとその下っ引き二人を従えて、柵の外に飛び出して行った。

四

　夕刻の人形町通《にんぎょうちょうどおり》は多くの人の流れがあった。

　葺屋町と堺町には『市村座』と『中村座』があって、一日の興行が終わる時分ともなると、道は人であふれ返る。

　その雑踏の響きは、人形町通と三光新道が交わる角地に立っている自身番に容赦なく押し寄せていた。

　あと四半刻もすれば日の入りという刻限である。

　角地に立つ自身番の三畳の間には、同心の仙場辰之助の横におりんと嘉平治が居並び、深川蛤町の目明かし、丹兵衛《たんべえ》と向き合っていた。

「あっしが、増蔵がご赦免になるという知らせを南町奉行所から伺ったのは、二月から三月前だったと存じます」

頭髪に白髪の混じった丹兵衛が口を開いた。

だが、ご赦免の知らせが来る一年前には、八丈島に流されていた増蔵が、伊豆《いず》の大島《おおしま》に島替えになるという知らせも受け取っていたのだと打ち明けた。

料理屋の惣領に生まれた増蔵は、読み書き算盤も出来たので、島役所に呼ばれて帳面付けの手伝いなどをやらされていたという。

その実績が認められた上に、改悛の情も著しいというので、この三月、伊豆大島に島替えになったのだった。

「それから二月ばかり後、増蔵ご赦免の知らせがありましたので、妹のお栄さんに知らせていたんでございます。しかし、ご赦免の船に乗っていたのが、別人だったとは」

そこまで口にした丹兵衛は、はぁと、腑《ふ》に落ちないとでもいうように、大きなため息をついた。

外から玉砂利を踏む音がしてすぐ、沈鬱《ちんうつ》な面持ちの金三郎が畳の間に入ってきた。

「仙場様、蛤町の親分には引き取ってもらってもようございますか」

おりんがお伺いを立てると、

「丹兵衛、ご苦労だった」

辰之助の声に丹兵衛は腰を上げ、金三郎や嘉平治に会釈しながら、表へと出て行った。

「増蔵を名乗っていた者は、なんとした」

金三郎は、丹兵衛が座っていた場に胡坐をかくとすぐ問いかけた。

「坂本町の目明かしと下っ引きたちと追いかけたのですが、将監河岸からいずこに向かったのかも分からず、わたしはとりあえず高橋を渡って、京橋の方へと向かい、そこから東海道を西へと」

辰之助の物言いには無念さが滲《にじ》み出ており、歯切れが悪かった。

その無念さは、相手が辰之助といえども、おりんも同情出来る。

京橋から西へ向かう道筋は朝から人で賑《にぎ》わうのが常だった。

そんな繁華な場所に紛れ込まれたら、たった一人で見つけ出すのは並大抵のことではないのだ。

「芝口橋《しばぐちばし》に差し掛かったところで、増蔵に付いていた小者が足を引きずって来ましたので問い詰めると、増上寺《ぞうじょうじ》の境内に入った途端、いきなり足を蹴《け》とばされて倒されたと申しました」

「逃げられたか」

金三郎が呟くと、

「はい。小者が申しますには、増蔵は増上寺の裏手の金地院《こんちいん》の方に回って行ったところまでは分かったものの、その後、どこへ向かったかは分からぬとのことでした」

そう述べて、顔を伏せた。

「金地院の裏手といいますと、飯倉《いいくら》から六本木《ろっぽんぎ》道へと行ったか、麻布《あざぶ》から広尾《ひろお》、白金《しろかね》村へと、逃げ道は幾つもありますね」

嘉平治がそういうと、

「増蔵に成りすました男の人相や、ご赦免を知らせた先が妹のお栄の他に、江戸やその近郊にあれば、明日からはそれを追うことになる」

胸の前で両腕を組んだ金三郎は、小さくふうと、息を吐いた。

「先刻まで、御船手組の役人たちから流刑地の話を聞いていたが、いろいろと面白い話が聞けたよ」

金三郎はそういうと、おりんたち三人に眼を向けた。

伊豆の流刑地を支配する韮山《にらやま》代官所では、この半年、八丈島をはじめ、三宅島、新島、大島、利島《としま》などの島役人の交代や流刑人の島替えが相次いだと、金三郎は話を続けた。

流刑地で争いごとを起こしたり、物を盗んだりした者を環境の厳しい島に移し、反対に、善行のある者を暮らしやすい島に移してやるということは珍しいことではないらしい。

だが、島民に危害を加えた流刑者の処断は、五人組という島民の組織に委ねられることが多い。流刑者が島の女を犯したりすれば、島民からの厳罰を覚悟しなければならない。体を縛られて、断崖《だんがい》から海に投げ込まれた例も少なくないということである。

「島替えや役人の異動が重なった時期に、誰かが本物の増蔵と入れ替わって大島に移され、ご赦免になって船に乗ったのではないかと、そういう声が御船手組から聞こえてきたよ」

「お言葉ではございますが」

おりんが両手を突いた。

「なんだ」

「しかし、そうやすやすと、他の者に成りすますことが出来ますでしょうか」

金三郎に向かって、丁寧に不審を口にした。

「いやぁ、流刑地のことは、おれにしても、まんざら知らないわけじゃなかったが、詳しく聞いて驚いたよ」

そう口にして、金三郎は流刑地のありようを語り始めた。

流刑人たちは、島役所で流人登録されたあと、島のどこに住むかが決められると、その後のことは島の五人組に託されるという。

多くは流人頭の差配する流人小屋に住めたが、金のある者は空き家を借りてもよかった。人と交わりたくない者は、自力で小屋を建てればよかった。

島に流人を収容する牢獄《ろうごく》はない。

流刑地の島自体が、いうなれば牢獄であった。

従って、食べることも着る物の調達も、夜露を凌《しの》ぐことも、流人一人の才覚に任された。大工や百姓など、手に職のある者は島民からの頼まれ仕事が出来て小銭を得られたが、魚も取れず猟も出来ない者は飢え死にをするか、盗みを働くことになる。

その結果、捕まって流人牢に押し込められる。

それは、事実上死刑と言えた。

「つまり、島役所の役人は、流刑人の名を帳面に書き記したあとは、用がなければ、いわば放ったらかしに近いそうだ。島の五人組にしても、江戸からの文《ふみ》や差し入れの品々が頻繁に届く者の所には手渡しに行くそうだが、それ以外の者の顔と名をちゃんと覚えるのは難儀だということだ」

「となると、本物の増蔵と別人の区別もつかないということでしょうか」

辰之助が身を乗り出した。

「うん。折も折、島役所の役人が交代したとなると、流人の名や顔なんか頭に入るわけがねぇだろう」

金三郎はそう断じると、

「伊豆の大島から流人船に乗ってきた増蔵が成りすましだとすると、本物の増蔵さんは、今も八丈島にいるということになるのでしょうか」

おりんは、胸に抱えている不審を口にした。

「ん」

金三郎は曖昧《あいまい》な声を洩らし、辰之助も嘉平治も小さく唸《うな》っただけで、答えを口にすることはなかった。


日暮れた三光新道の通りは夕闇《ゆうやみ》に包まれようとしていた。

自身番の表で、金三郎と辰之助と別れたおりんは、嘉平治とともに居酒屋『あかね屋』に向かっていた。

「おりん、明朝は、八丁堀に来ることはねぇよ」

別れ際、金三郎からそんな言葉が発せられた。

朝のいつもの挨拶《あいさつ》より、逃亡した〈増蔵〉捜しに専念するようにということだろう。

人形町通の角地に立つ自身番から、お栄の営む『あかね屋』までは一町（約百九メートル）ほどの道のりである。

「気にしてるかもしれないから、その後のことは知らせた方がいいだろう」

そう口にした嘉平治とともに、おりんは『あかね屋』へ向かっている。

早朝、〈増蔵〉としてご赦免になって戻った男が、お栄の兄ではないと判明したあと、将監河岸は騒然となった。

おりんは下っ引きの弥五平や喜八と近辺を動き回ったため、その後の成り行きをお栄に伝えてはいなかったのだ。

『三光稲荷』の東隣りにある『あかね屋』の出入り口の腰高障子には中の明かりが映り、表の軒行灯《のきあんどん》には火が灯《とも》っていた。

店の中から、賑やかな話し声が届いている。仕事帰りの職人たちや芝居見物を終えた者たちが話に花を咲かせているのだろう。

「客の前で話をするのもなんだ。裏口に回ろう」

お栄を気遣った嘉平治について、おりんは板場の出入り口のある裏手に回った。

「政三《せいぞう》さん、わるいけど、お栄さんを呼んでもらえませんかね」

おりんが戸を開けて声を掛けると、俎板《まないた》を使っていた板前の政三が、嘉平治に会釈をして包丁を置くと、

「少しお待ちを」

そう口にして、店の方に出て行った。

待つほどのこともなく、政三に続いて店から現れたお栄が、板場を通り過ぎて裏口に出てきた。

「将監河岸で別れたきりだったから、あの後のことを知らせておこうと思ってね」

嘉平治が口を開くと、

「なにか分かりましたか」

お栄の物言いには、どことなく他人事《ひとごと》のような響きがあった。

「それが、将監河岸からいなくなった男の行方はあれ以来分からず、何者かも知れないんですよ」

そういって、おりんは小さくため息をついた。

「お栄さん、島に流された増蔵さんから、江戸の知り合いの話とか名を書いた文が届いたことはなかったかね」

「嘉平治さん、わたし、八丈島には文ひとつ送ったことはありませんでした。だから、わたしが、便りひとつよこさないことがどういう気持ちかということを、向こうは察していたと思いますよ」

突き放したような言い方が、かえって兄への憎しみを消しきれないお栄の心情を窺わせた。

「増蔵さんに成りすまして江戸に戻ってきた男を捕らえたら、八丈島の様子も分かるはずだから、その時はまた知らせに来ます」

おりんがそういうと、お栄は何も言わず、ただ、小さく頭を下げた。

「邪魔したね」

そういって歩き出した嘉平治に続いて、おりんは裏口を離れた。

建物の角を曲がるとき、背後で小さく、戸の閉まる音がした。

おりんは、下っ引きの弥五平と喜八を伴って、内藤新宿《ないとうしんじゅく》へと急いでいる。嘉平治とともに、居酒屋『あかね屋』にお栄を訪ねてから三日が経った七月十日の午後である。

北町奉行所の同心、磯部金三郎と仙場辰之助の奔走によって、一昨日、妙なことが判明していた。

御船手組に残された『流人明細帳』に記載された〈増蔵〉の項に、万一の場合に知らせる者として、〈妹　お栄〉の名と〈深川　蛤町〉の地名が記されていた。

しかしそれが、一年前、お栄の名も所も線を引かれて消され、〈牛込水道町《うしごめすいどうちょう》　才助《さいすけ》店《だな》〉の〈稲吉《いねきち》〉に書き替えられ、半年前の今年一月には、〈内藤新宿　巴屋《ともえや》内　稲吉〉に替わっていた。二人の間で文のやり取りがあったのは、一度だけだったということも分かった。

江戸から八丈島を往復する流人船は、春と秋の二便ということもあり、その分、文のやり取りは少ない。

「御船手組の役人によると、通知先の変更を申し出たのは〈増蔵〉本人からだということだよ」

一昨日の朝方、堀留の自身番にやってきた辰之助は、おりんにそう告げたのである。

辰之助が自身番から引き上げるとすぐ、おりんは弥五平と喜八を『駕籠清』に呼び出し、

「〈増蔵〉に成りすました男は、稲吉を頼るかもしれない」

推測を述べると、内藤新宿に向かわせた。

その日の昼前に帰ってきた弥五平と喜八から、おりんは思いがけない話を耳にした。

稲吉を訪ね当てる前に、土地の目明かしに会って事情を話すことにした二人は、富之《との》助《すけ》という四十に近い目明かしと会い、正直に用件を述べた。すると、

「稲吉という男を知っているが、近づくには用心が要りますぜ」

富之助は声を低めたという。

稲吉は、牛込や音羽界隈《おとわかいわい》の破落戸《ごろつき》たちを束ねているはぐれ者の親分だった。ところが去年の暮、手下どもが別の破落戸たちと護国寺《ごこくじ》門前で喧嘩《けんか》騒ぎを起こし、稲吉はその責を問われて、江戸払いの処罰を受けて牛込を追われ、内藤新宿の問屋場《といやば》である

『巴屋』の人足になっているというのだ。

「『巴屋』という問屋場は、血の気の多いというか、一癖も二癖もある、稲吉のように、所払いを食らったような人足が集まっていまして、正面から会いに行っても、まともに取り合っちゃくれますめぇ。下手すりゃ、刃傷《にんじよう》沙汰《ざた》にもなりますぜ。なにしろここは、四谷《よつや》の大木戸を出た江戸の外ですから、奉行所の役人なんかを気にすることはありませんからね」

内藤新宿のことには明るい富之助はそういい、さらに、

「あっしが一度、稲吉に近づけるような折があるかどうか、様子を見たうえでお知らせしますから、一日二日、猶予をいただきてぇ」

弥五平と喜八は、富之助の申し出を聞き入れて堀留に戻ってきたのだった。

おりんのもとに、内藤新宿からの知らせがもたらされたのは、今朝の五つ半（九時頃）時分である。

「うちの親分が、日のあるうちに内藤新宿にお出《い》で下さいと申しております」

『駕籠清』に現れた下っ引きが、富之助の言伝《ことづて》を口にして帰って行った。

そしておりんは、『駕籠清』に呼び寄せた弥五平と喜八とともに、内藤新宿へ出かける支度に取り掛かったのだ。

竹色の細股引に草履を履いたおりんが藤棚のある庭に出て、鉤縄を着物の袂に落と

したとき、

「おりんお前、無謀なことはするんじゃねぇぞ」

帳場の土間から出てきた嘉平治から、そんな声を掛けられた。

「分かってるよ」

おりんは顔を引き締めて頷いたが、

「聞けば、相手は根っからの破落戸のようだ。そのうえ、追放の刑を受けた、いわば命知らずの凶状持《きょうじょうも》ちだ。その辺のはぐれ者と違って、一筋縄ではいかねぇよ」

嘉平治の口ぶりには、不安が滲み出ていた。

「お父っつぁんは、どうしろっていうんだい」

「内藤新宿のことは、土地の親分と、弥五平と喜八に預けちゃどうだ」

「そんな」

おりんは、思わず声を荒らげた。

「相手が恐ろしいからと言って逃げてちゃ、目明かしの務めなんか出来ないよ。そんなことじゃ、世間様から信用されなくなってしまうんじゃないかね、お父っつぁん」

おりんの抗弁に、嘉平治は苦虫を嚙《か》み潰したような顔をした。

「親方、おりんさんは、おれと喜八が、命に懸けてお守りします」

弥五平の声に、喜八が相槌《あいづち》を打った。

すると、嘉平治はなにも言わず、小さく頷いた。

富之助の家は、甲州《こうしゅう》街道に面した内藤新宿仲町《なかちょう》にあると聞いている。『駕籠清』にやってきた下っ引きは、太宗寺《たいそうじ》という大寺の先の小路の奥と言っていた。

その言葉どおり、小路の奥にある棟割長屋の一軒に、富之助と書かれた腰高障子の嵌った家があった。

「富之助親分」

弥五平が戸口で声を掛けると、十手を帯に差した四十に近い大柄な男が出てきた。

「富之助親分、こちらが堀留の御用を務めます、おりんさんです」

弥五平によって富之助に引き合わされたおりんは、

「お初にお眼にかかります。堀留のりんと申します。この度は煩《わずら》わしいお願いを聞いていただき、お礼の申しようもございません」

深々と腰を折った。

「ご丁寧に恐れ入ります。内藤新宿仲町の富之助と申します。以後、お見知りおきを」

富之助も腰を折って返礼をすると、

「稲吉は、十日ほど前に『巴屋』をやめて、空き家になっていた角筈《つのはず》村の百姓家に移り住んでおりますので、調べたことは、そこへ行きながら話しましょう」

と、おりんたちの先に立って甲州街道の方へと向かった。

甲州街道へ出た富之助は、青梅《おうめ》街道と分岐する追分《おいわけ》方面に足を向けた。

「稲吉は、『巴屋』と悶着《もんちゃく》を起こしてやめたわけじゃなく、牛込のころの子分の口利きで、天竜寺《てんりゅうじ》門前の博徒《ばくと》、『子安《こやす》の陣兵衛《じんべえ》』の身内になったようです」

追分を甲州街道の方に向かった富之助は、天竜寺門前を流れる玉川《たまがわ》上水沿いを歩きながらそう口にした。

「稲吉は、街道の飯屋で働いている女と百姓家に暮らしているんだが、その飯屋に通ってくる近隣の武家屋敷の侍に声を掛けては、『子安の陣兵衛』の賭場《とば》に誘い込んでるようです」

とも打ち明けた。

甲州街道を挟んだ角筈村と千駄《せんだ》ヶ谷《や》村には、大名家や旗本の屋敷や抱屋敷《かかえやしき》、黒鍬者《くろくわもの》、御書院番などの組屋敷がある。江戸市中から離れた場所で暇を持て余す侍たちが多く、賭場に誘い込むにはうってつけの場所ともいえた。

「稲吉の住む百姓家には、かつての子分たちも時々来ているようだが、一昨日、おれと年恰好《としかっこう》の似た、やけに日に焼けた男を見かけたんだよ」

そういって足を止めた富之助は、街道から畑地へ向かって北の方に延びる道の先を指さした。

いくつもの武家屋敷に囲まれたような畑地だが、様々な高木や低木の間にいくつもの百姓家が点在しており、広々とした田園の光景が望めた。

富之助が見たという、四十ほどの日に焼けた男は、将監河岸に降り立った〈増蔵〉と呼ばれた流人に違いないと、おりんは確信していた。

「あの百姓家ですよ」

富之助が、街道から一町半（約百六十四メートル）ばかり進んだ灌木《かんぼく》の陰で足を止め、小さな百姓家を指し示した。

灌木の陰からは十四間（約二十五メートル）ほどの隔たりがあった。

おりんと弥五平、喜八は、富之助とともに灌木の陰に潜んで、百姓家を窺う。

「明かり取りから煙が出ていますから、中に人はいますね」

喜八の小声に、おりんは頷いて見せた。

「戸が開きました」

おりんが囁くとすぐ、開いた板戸から、片手で髪を撫《な》でつけながら三十女が出てきた。

そのあとを追うように出てきた三十代半ばくらいの男が、

「おい、おはつ、飯屋の帰りに酒を頼むぜ。酒を切らした日にゃ、兄貴にすまねぇからよ」

おはつと呼んだ女に、そう投げかけた。

「女に声を掛けたのが、稲吉だよ」

富之助の密《ひそ》やかな声は、おりんたちに届いた。

稲吉に声を掛けられた女は片手をひょいと上げて応えると、下駄を鳴らして甲州街道の方へ向かって行き、稲吉は家の中に消えた。

「稲吉が兄貴と口にしたのが、例の〈増蔵〉だろうか」

おりんが呟くと、

「おそらく、そうだと思いますよ」

富之助は小声で同意を示した。

「踏み込みますか」

「だけど、〈増蔵〉がいなかったらどうなる」

おりんは、喜八の提案に不安を口にした。

「追放の者をかくまった科《とが》で稲吉をふん縛って、〈増蔵〉の居所を吐かせるか、そいつがここに帰って来るのを待つという手もありますよ」

富之助からそんな案が飛び出すと、おりんと弥五平、それに喜八は、顔を見合わせて頷き合った。

五

おりんたちが、稲吉の住む百姓家近くの灌木の陰に潜んでから、四半刻ほどが経った。

おりんたちは、表を見張ることになった富之助を残して、百姓家に近づくと、足音を忍ばせて家の外に張り付いた。

家の壁に耳を付けると、内容は不明だが、二人の男の話し声がしている。

しばらく無住だったものか、百姓家の壁板には隙間《すきま》が見られる。

おりんは、壁板の下の方に腹這うようにして、壁の隙間から中を覗く。

土間の先の板張りには囲炉裏が切ってあり、鉄瓶《てつびん》の掛かった自在鉤《じざいかぎ》が下がっている。

囲炉裏端には男二人の姿があった。

横向きになった男は、先刻、表に出てきた稲吉だが、その向こう側に座っている男の顔かたちは、稲吉の陰になっていてはっきりとは確認出来ない。

囲炉裏で燃える火勢が衰えたのか、傍らに積んである薪《まき》を手にした稲吉が、上体を伸ばして火にくべたその時、おりんの眼に、将監河岸で〈増蔵〉に成りすましていた男の顔が飛び込んだ。

「〈増蔵〉がいる」

おりんが低く鋭い声を発すると、弥五平と喜八は十手を引き抜いて、『いつでも押し込む』とでもいうように、小さく頷いた。

中腰になった喜八に続いて、おりんと弥五平は足音を忍ばせて建物の戸口へと移動する。

戸口近くに身をひそめたおりんは、自分の十手を引き抜くと、喜八に『戸を開けるよう』手で合図を送った。

喜八は小さく頷くと、板戸に手を掛けて、思い切り引き開けた。

おりんと弥五平が、間髪を容《い》れず土間に飛び込むと、

「なんだてめぇら！」

大声を張り上げた稲吉が腰を上げると同時に、〈増蔵〉は自在鉤に掛かっていた鉄瓶の柄《え》を摑《つか》んで囲炉裏の火に叩きつけた。

突然、灰神楽《はいかぐら》が立ち、〈増蔵〉と稲吉の姿が見えなくなった。

「おりんさん、うしろっ」

背後から掛かった喜八の声を聞いたおりんは、かすんだ灰の中から匕首《あいくち》を手に土間に飛び降りてきた人影を、咄嗟《とっさ》に避《よ》けた。

「勢六《せいろく》兄ぃ、逃げなせぇ！」

匕首を手にしていた稲吉が喚《わめ》いた。

「やっぱりおめぇは、〈増蔵〉に成りすました野郎だな」

弥五平が、勢六と呼ばれた色黒の男に十手を向けた。

「おりんさん、こいつはおれが」

喜八が稲吉の前に立ったのを見たおりんは急ぎ土間を上がり、

「勢六とやら、神妙にしやがれ」

弥五平と並んで、匕首を構えている勢六に十手を向けた。

「捕まってたまるかっ」

鋭く声を発した勢六は、匕首を上下左右に動かして、おりんに迫ってきた。

勢六はおりんを追い詰めながらも、弥五平の動きにも眼を配り、隙を見せない。

板張りの隅に追いつめられたおりんは、バキッと音を立てて割れた板に片足を落とした。

「あ！」

おりんの声に、追っていた勢六が動きを止めた。

その刹那《せつな》、弥五平が、匕首を持っていた勢六の右腕に十手を打ち込んだ。

骨の砕けるような鈍い音がして、匕首は板張りを転がった。

その様子を、片足を床下に落としたおりんは身動きも取れず、焦れたまま眺めるしかなかった。


日本橋川一帯は、朝から厚い雲が広がっていた。

日が射す気配はなかったが、すぐに雨が降るような雲行きではなかった。

鎧ノ渡を使って小網町から茅場河岸に渡ったおりんと嘉平治は、大番屋に足を向けている。

おりんたちが、〈増蔵〉こと勢六を角筈村で捕縛してから二日が経っていた。

その勢六は茅場河岸の大番屋に入れられ、ともに捕らえた稲吉は、八丁堀から近い本材木町の大番屋に入れられている。大番屋は、小伝馬町《こでんまちょう》の牢屋敷の入牢《じゅろう》証文が出るまでの間、囚人を留め置く場所で、茅場河岸の他に、本材木町、神田和泉町など、江戸の七、八か所に設けられていた。

勢六の取り調べが始まるに際して、おりんと嘉平治は、同心の金三郎からの誘いもあって、対面を許されたのである。

大番屋に入ったおりんと嘉平治は、金三郎の案内で、勢六が押し込められている牢の前に立った。

「この二人はな、おめぇが名乗った増蔵の妹さんとは懇意のお人だ、聞かれたことは包み隠さず話すことだ」

金三郎がそういうと、

「増蔵と──」

正座していた勢六はそう呟くと、眼を丸くしておりんと嘉平治を見上げた。

「おめぇ、増蔵さんとは、どこでどう顔を合わせたんだ」

嘉平治は穏やかな口ぶりで問いかけた。

「三年前、八丈島に流された後です」

口を開いた勢六は、賭博と傷害の罪で遠島の刑を受けたとも打ち明けた。

増蔵と知り合ったのは、今から二年ほど前のことだという。

読み書き算盤の出来た増蔵は、時々島役所に呼ばれて、帳面付けなどの手伝いを命じられたり、島の五人組から、流刑人宛《あて》の文や差し入れ品の配達をさせられたりして、重宝がられていた。

そんな増蔵は、いずれご赦免になって島を出るに違いないと、流人たちの間では噂になっていたと、勢六は語った。

「島役所の手伝いが出来、五人組からも信用されるとご赦免になると思い込んだんだ。読み書きは覚束《おぼつか》なかったから、おれは、増蔵から教わって磨きをかけた。みっちり一年教わったら、読み書きも算盤も、増蔵ほどじゃなかったが、ちゃんと身に付いたよ。だがね」

勢六はそういうと、去年の秋のことだったと、話を続け、

「九月に八丈島を出る船便で、増蔵一人が大島に島替えになるということが流人たちの間に流れたんですよ」

小さく唇を嚙んだ。

流人たちの間ではさらに、『増蔵の島替えは、ご赦免で江戸に戻るための支度に違いない』という噂がまことしやかに広まったというのだ。

「おれは、増蔵に成りすましてご赦免の船に乗って、なんとしても江戸に戻ろうと思ったんだよ」

勢六は、そう告白した。

増蔵が建てた小屋に一月ばかり居候をさせてもらい、毎日、同じような暮らしを続けたという。

海釣りも二人で出かけ、炊事もし、小さな畑の手入れも二人でこなした。

増蔵の代理で島役所の仕事の手伝いをするようになったが、春に島替えになったばかりの島役人は、増蔵と勢六の区別がつかないということに気付いた。

それで心を決めた勢六は、八丈島から船が出る前夜、ともに酒を飲んだ後、島の断崖から増蔵を海へ突き落としたのである。

翌日、〈増蔵〉となって船に乗り込んだ勢六は、伊豆大島で降ろされて、年を越し

た。さらに、ご赦免と決まった〈増蔵〉は、今年の六月、八丈島を廻《まわ》ってきた帰りの船で江戸に戻り、将監河岸に降り立ったのだった。

「おめぇ、増蔵を殺すしかなかったのか」

嘉平治の口から、なじるような声が出た。

「おれをはめた奴《やつ》らに仕返しするには、江戸に戻るしかなかったんだよぉ」

勢六の口からも鋭い声が吐き出された。

「この野郎、てめぇの女にはめられたと思い込んでるようだよ」

「思い込みじゃねぇですよ」

勢六は、怒ったように金三郎に言い返すと、

「あの日、かわいがってた弟分が家に来て、やけに博奕場《ばくちば》に行こうと誘いやがったんだよ。そしたら、おれの女まで、一儲《もう》けして来てよなんて言いやがって」

膝に置いていた拳に力を込めた。

弟分と共に賭場に行った勢六は、思いのほか運が向いて、あっという間に一刻《とき》（約二時間）が過ぎていた。

やがて、一緒に来た弟分の姿がないことに気付いた直後、閉め切られた雨戸が破られる音がして、奉行所の役人と捕り手が乱入して来た。そこでおとなしく捕まっていれば、江戸払い程度の刑で済んだのだが、匕首を抜いて役人に抗《あらが》い、捕り手に傷を負

わせたことで重罪に問われたのだ。

「八丈島から女に文を送っても、梨の礫《つぶて》だ。弟分からも何も言って来ねぇ。それで気づいたよ。あの二人は、賭場に送り込んだおれを、役人に売ったに違いねぇとね。それで、恨みを晴らすまでは死ねねぇと心に決めたんだ。それだけが、島で生きる張りになってたんだ」

「その女と弟分には、会えたのか」

嘉平治が尋ねると、

「昔の家からは、二人とも姿を消してやがった」

そう吐き捨てると、勢六はがくりと首を折った。


『駕籠清』の帳場の火は消えていたが、衝立で仕切られた隣りの囲炉裏の間の天井の四方には明かりがともっていた。

火の気のない囲炉裏の周りを、嘉平治をはじめ、おりん、お粂、そして、弥五平と喜八が取り囲み、日暮れと共に始まった飲み食いは、すでに半刻が経っていた。

〈増蔵〉に成りすました勢六を捕らえた、二日遅れの慰労の集まりである。

「大番屋の帰り、嘉平治さんは『あかね屋』に行ったようだけど、お栄さんには兄さんのこと、どう話して聞かせたんだい」

お粂が好奇心も露《あら》わに尋ねると、おりんも、弥五平や喜八も嘉平治に眼を向けた。

「悩ましいところではありましたがね。結局、おれは嘘《うそ》つきになることにしましたよ」

そういうと、苦笑いを浮かべた嘉平治は、湯呑の酒をちびりと啜《すす》った。

「嘘つきっていうと」

おりんは眉《まゆ》をひそめた。

「殺されたってことは伏せた。大島へ島替えする前の日から熱にうかされた増蔵さんは、とうとう船には乗れず八丈島に居残ったとね。その増蔵さんに成りすました男が、将監河岸で見たあの男だと言ったんだ」

「お栄さん、それで得心がいったんだろうかね」

お粂は、案ずるような声を洩らした。

「それはなんとも言えませんが、お栄さんにすりゃ、得心するしか手はありませんからね。それと、言い忘れてたが、おりん。増蔵さんの成りすましを捕まえたおりんにも礼が言いたいと言ってたぜ」

そういうと、湯呑に手を伸ばしかけた嘉平治は、

「あ」

空だと気づいて、手を引っ込めた。

「注《つ》ぎますよ」

弥五平が徳利《とつくり》を摑むと、

「酒はもういいや」

嘉平治は、手を横に振った。すると、

「それじゃ、あっしはこのへんで帰らせてもらいます」

弥五平は徳利を置いて、頭を下げた。

「兄ぃが帰ぇるのなら、あっしもここらで」

喜八は、拝むように片手を立てた。

「だったら、途中まで二人について行って、今日のうちにお栄さんのところに行ってくる」

おりんは、嘉平治やお粂の返事を待つこともなく、腰を上げた。

五つを過ぎた堀留町の通りは薄暗いものの、物音ひとつしないということはなかった。

常夜灯の明かりもあったし、どこからか三味線の爪弾《つまび》きも届き、酔っぱらいの足音も聞こえた。

「ついでですから、喜八と一緒に『あかね屋』の表まで、わたしも付き合いますよ」

弥五平はそういって、両国に向かう道を逸れておりんに付いてきてくれた。

「弥五平さんと喜八さんには、礼を言うよ」

人形町通を南に向かいながら、おりんは殊勝な声を二人に向けた。

「角筈村の稲吉の家に押し入った時、勢六を前にしたあたしが床板を踏み外したことを、お父っつぁんに言わないでくれたろう。その礼だよ」

「礼には及びませんよ」

弥五平は笑ったが、

「床板を踏み外して身動きが取れなくなったのは、あたしのドジだ。ひとつ間違えたら、命を落としてもしょうがなかった。お父っつぁんに十手を取り上げられても文句のいえないドジを踏んだんだよ。黙っていてくれてありがとう」

三光新道の入り口で足を止めたおりんは、弥五平と喜八に頭を下げた。

「謝るようなことじゃねぇよ」

喜八は笑ってそういうと、

「おれはここで」

住まいのある高砂町《たかさごちょう》の方へと歩き出した。

「それじゃ」

弥五平もそう声を掛けて、人形町通を北の方へ足を向けた。

二人を見送ったおりんは、三光新道を『あかね屋』へと向かった。

『三光稲荷』の隣りにある『あかね屋』の提灯の火は消え暖簾《のれん》も仕舞われていたが、戸口の腰高障子には、店の中の明かりが映っていた。

手を伸ばして試しに引くと、戸はするりと開いた。

「こんばんは」

声を掛けて土間に足を踏み入れたおりんは、お栄が土間の框《かまち》に腰掛けているのに気付いた。

「たった今、提灯の火を消したとこよ」

お栄はそういうと、手にしていた盃《さかずき》を持ち上げて見せた。

「お父っつぁんから、お栄さんがあたしに用があるというようなことを聞いたもんだから」

「兄の名を騙《かた》った男を、おりんちゃんたちが捕まえたと聞いたから、一言お礼をいいたくてね」

「そんなこと。それが、目明かしの務めだもの」

そういったおりんの手に、お栄は自分の盃を持たせると、脇に置いていた徳利を摘まんで酒を注いだ。

「飲んで」

お栄に勧められるまま、おりんは酒を嘗《な》めた。

「おりんちゃん、わたしの兄さんは生きてると思う?」

お栄が、思いがけない言葉をぽつりと投げかけた。

「増蔵さんの名を騙った男の話では、そうとしか」

「みんな、やさしいんだから」

そう呟いて、お栄は笑みを浮かべ、

「兄さんは、もう、死んでるような気がするのよ」

他人事のような物言いをした。

「三、四日前、遅くまでいたお客さんを送り出して提灯の火を消し、暖簾を外して中に入ろうとしたとき、靄だか霧だかが這った大門通《おおもんどおり》の四つ辻を、駕籠がゆっくりと通り過ぎて行ったんだよ。垂れの上がった駕籠の中には、顔かたちはよく分からない男が乗っていて、ふっとわたしの方に眼を向けて、頭を下げたようでね。おぼろながらも、それが、なんだか、増蔵兄さんに似てたのさ」

「だって」

「うん。あの夜は、お客さんの酒に付き合って酔ってたから、今思えば夢だったのかもしれないけどさ。だけど兄さん、何日か先のお盆の入りも待てずに、死んだってことを知らせに、魂魄《こんぱく》になって帰ってきたのかもしれないとも思ってしまって――」

「いい、もういい。兄のことはもう忘れる。ずっと前に忘れることにしてたのに、名を騙った流人を見るわ、お盆は近いわで、わたしはお化けを見てしまったのよきっと」

「お栄さん」

そういうと、お栄は何かを吹っ切るように、ははは と、殊更《ことさら》陽気に笑い声を上げた。

その夜の駕籠に乗っていたのは、『あかね屋』のお客だったのかもしれない——そう言おうとしたが、おりんは思い留《とど》まり、

「それじゃ、あたしは」

声を掛けて戸口の外に出た。

「気を付けて」

中から届いたお栄の声に軽く頭を下げて戸を閉めると、人形町通へと足を向けた。

お栄が見た駕籠には、やはり増蔵の魂魄が乗っていたのだろうか——。

踏み出した足をふと止めて、おりんは後ろを振り向いた。

南北に延びる大門通の四つ辻は、常夜灯の薄明かりに、ぼんやりとかすんでいる。

第二話　大江戸嘘八百

一

まだ日の出前だが、町は白々としていた。

日本橋の堀江町《ほりえちょう》入堀《いりぼり》は、荷船や空の小舟が船腹をこすり合わせるようにして忙《せわ》しく行き交っている。

江戸随一の商業地である日本橋や室町《むろまち》にほど近い堀江町入堀一帯は、いつものことながら、暗いうちから活気があった。

おりんは、そんな堀江町入堀の東岸を小網町《こあみちょう》の方へと駆けていた。

東岸の東万河岸《ひがしよろずがし》には町家が軒を並べているが、道端の所々には、苧殻《おがら》を焚《た》いた跡や、苧殻のカスの残った素焼きの皿が、そこここにあるのが眼《め》につく。

十三日の夕刻に焚かれた、盆の迎え火の名残だった。

盆の中日である十五日の今朝、おりんは階下の表戸が激しく叩《たた》かれる音で目が覚めた。

するとすぐ、

「おりん」

と大声を張り上げた祖母のお粂《くめ》の声が轟《とどろ》いたのだ。

寝巻のまま自分の部屋を出たおりんが階下に下りると、帳場の上がり框《がまち》に膝《ひざ》を揃《そろ》えたお粂の前に、堀江六軒町《ろっけんちょう》の町役人《ちょうやくにん》を務める酒屋の主《あるじ》、友二郎《ともじろう》が、土間に突っ立っていた。

「朝っぱらから申し訳ありません。実はね、町内の薬種問屋『康楽堂《こうらくどう》』さんの家の中が、血の海になってるんだよ」

青ざめた顔をしていた友二郎は、恐怖のせいか、小さく身震いをした。

「血の海って言いますと」

「家の中に、死人が転がってるんだよ」

おりんの問いに、友二郎の声は掠《かす》れた。

「話は聞こえましたよ」

そういいながら現れた寝巻の嘉平治《かへいじ》が、帳場の板張りに立ち、

「友二郎さんは若い衆を八丁堀《はっちょうぼり》に走らせて、同心の磯部金三郎《いそべきんざぶろう》様に事の次第を伝え

させておくんなさい」

そう指示をすると、おりんを向いて、近隣の目明かしに知らせた上、薬種問屋『康楽堂』の今の有様《ありさま》を保存するように命じた。

「分かった」

おりんは鋭い声を発した。

目明かしから身を引いた嘉平治に指図されることに、なんら抵抗はない。

二月前に目明かしになった身とすれば、先達《せんだつ》の教えはありがたいものだった。

おりんが身支度を整えて『駕籠清《かごせい》』を飛び出したのは、知らせが来てから四半刻《しはんとき》(約三十分)の半分が経《た》った時分だった。

東万河岸を急ぐおりんの出《い》で立《た》ちは、灰汁《あく》色の細い股引《ももひき》に、柿《かき》色に釘抜《くぎぬき》柄を白く染め抜いた着物を尻《しり》っ端折《ぱしょ》りにしている。

「おりんちゃん、何事だよっ」

堀江町入堀を遡《さかのぼ》って来た猪牙船《ちょきぶね》の艫《とも》で、棹《さお》を握っていた市松《いちまつ》から声が掛かった。

「御用の筋だよっ」

そう返答すると、おりんは帯に差した十手を片手で押さえ、先を急いだ。

堀江六軒町は、市村座《いちむらざ》や中村座《なかむらざ》という芝居小屋のある堺町《さかいちょう》、葺屋町《ふきやちょう》と、四千八百坪を超す敷地を持つ金座《きんざ》に挟まれたところにある。

おりんが、堀江町入堀に架かる親仁橋《おやじばし》の袂《たもと》を東に入り込むと、『康楽堂』の看板の掛かった二階家の前には、早朝にも拘《かか》わらず野次馬の人だかりがあった。

「これから調べがあるんだ。下がって下がって」

下っ引きらしい男たちが声を上げて野次馬を押し返している。

『康楽堂』の表には、堀江六軒町や甚左衛門町《じんざえもんちょう》の顔見知りの目明かしの姿もあった。

さらにおりんの眼を留めたのは、店の前の地面に茫然《ぼうぜん》と座り込んでいる、女中と思《おぼ》しき小女の様子である。

口を半開きにし、焦点の定まらない眼を虚空に向けていた。

大戸が一枚、地面に倒れているところを見ると、飛び出した小女が押し倒したものかもしれない。

「堀留《ほりどめ》の」

おりんに向かってそう口を利いたのは、今年五十を越したと聞いている、甚左衛門町の目明かし、伴助《ともすけ》だった。

「親分、早々にご苦労様です」

おりんが丁寧に腰を折ると、

「下っ引きは」

伴助はおりんの背後に眼を遣《や》った。

「二人には、お父《と》っつぁんが知らせてくれることになってまして」

そう返答した通り、

「弥五平《やごへい》や喜八《きはち》には、おれの方から知らせておく」

『駕籠清』からの出がけに、嘉平治から、そんな声を掛けられていた。

「ともかく、中を見てみなよ」

伴助に勧められたおりんは、

「はい、ぜひ」

先に立った伴助について、板戸一枚分開いた隙間《すきま》から店の中に足を踏み入れた。

広い土間から続く一段上の板張りの壁一面に、把手《とって》の着いた引き出しが並んでいる様子は、どこの薬種問屋の店頭でも見られる光景だった。

しかし、おりんの眼には、温《ぬく》みのない佇《たたず》まいに思えた。

日の出前だからということではないようなうすら寒さがあった。

「こっちへ」

伴助は草履《ぞうり》を履いたまま土間を上がると、暖簾《のれん》を分けて、板張りの奥へと延びる廊下に入り込んだ。

「足元に気を付けな」

伴助に言われて薄暗い廊下を見ると、どす黒い油のようなものがいくつも鈍く光っていたり、足でこすられたりしたものもあるが、それらはすべて血の痕《あと》だった。

そこから角を二つ曲がった先の、破られた二枚の雨戸から日の出前の明かりが入り込む縁に、十三、四ほどの寝巻の男児が、血の海の中でうつ伏せになって倒れているのが見えた。

「親分」

おりんが声を掛けると、

「もう、息はないんだよ」

いたわしげに呟《つぶや》くと、伴助は破られた雨戸の隙間から庭に下りる。

おりんも続いて下りると、伴助が庭の隅に立つ土蔵の戸口を指さした。

扉の開いた土蔵の外の地面に、白地に赤い柄の寝巻を身にまとった、仰向《あおむ》けになった女の体が横たわっていたが、頭は植込みの中に隠れている。

割れた裾《すそ》から伸びた白い太腿《ふともも》と、寝巻を締めている鹿《か》の子《こ》絞りの柄から、若い女だろうと推察された。

「この娘も、腹を刺されて死んでた」

「腹を」

小さく声に出して、おりんは改めて死体に眼を向けた。

寝巻の柄が赤だと見えたのは、女の体から流れた血の色だったのだ。

おりんは思わず、骸《むくろ》に手を合わせた。

伴助が土蔵の中に入るのを見たおりんは、すぐにそのあとに続く。

「あ」

入った途端、見上げて声を出したおりんは、その場に棒立ちとなった。

天井近くにさし渡された梁《はり》の一本から、五十を越したくらいの男女の首吊《くびつ》り死体が下がっている。

「『康楽堂』の主夫婦だよ」

伴助が囁《ささや》くようにいうと、おりんは、首吊り死体の足元に落ちている血まみれの包丁に眼を留めた。

「さっきも思ったが、なんとも殺風景な土蔵だと思わないかい」

「ええ」

おりんは小さく頷いた。

薬種問屋ならば、乾燥した薬草を蔵に保管しているはずであり、薬草特有の匂《にお》いを放つのだが、建物に入った時から、『康楽堂』にはその気配がなかったのだ。

土蔵の中にしても、長持《ながもち》と炬燵《こたつ》の櫓《やぐら》などがあるだけで、なんとなく味気ない。

『薩摩屋《さつまや》』という煙草屋《たばこや》を営む、幼馴染《おさななじ》みのお紋《もん》の家の土蔵には、桐《きり》の箱に入った大皿や茶碗《ちゃわん》をはじめ、漆《うるし》塗りの膳《ぜん》や椀《わん》、屏風《びょうぶ》や茶器や軸などが仕舞われている。

その『薩摩屋』より店構えの大きい『康楽堂』の土蔵に、書画骨董《こっとう》などの趣味のものが見当たらないのが、おりんには腑《ふ》に落ちないことだった。

「伴助親分も堀留のおりんさんも、座敷の方にお出でになりませんか」

土蔵の戸口から声を掛けたのは、多平《たへい》という、三十代半ばくらいの堀江六軒町の目明かしで、

「さっきまで口も利けなかったここの住み込みの女中が、話をするといってますんで」

と、状況を口にした。

おりんと伴助が土蔵を出ると、いつの間にか朝日が庭に射《さ》し込んでいた。

「こっちです」

多平は、庭に横たわる娘の死体の脇《わき》を通り抜けて、草履を履いたまま縁に上がった。

おりんと伴助は、多平に続いて縁の奥の座敷に入り込んだ。

床の間のある十畳ほどの畳の部屋の片隅に、先刻、店先の地面に茫然と座り込んでいた小女が、膝を揃えて畏《かしこ》まっていた。

部屋の四方に張り巡らされていた注連縄《しめなわ》は、ところどころ引きちぎられていた。畳には、手足や顔を捥《も》ぎ取られてバラバラになった無数の木製の仏像が、無残に散乱し

ている。

「この娘は、住み込み女中のおたまです」

肩をすぼめている娘の傍《そば》に、多平は片膝を立てて座った。

「さっきは何にも喋れなかったんですが、今聞いたら、廊下で死んでる男はこの家の次男の貫次郎《かんじろう》で、庭で死んでるのが娘の雪乃《ゆきの》、土蔵で首を吊ってるのが主の幸右衛門《こうえもん》と女房のお科《しな》だそうです」

多平の声に、おたまは小さく相槌を打った。

「住み込みは、お前さん一人なのかい」

伴助が尋ねると、

「親分、実は、十日前に奉公人たちに暇を出して、この『康楽堂』は商いの看板を下ろしたそうです」

多平は、おたまに代わってそう告げた。

おたまが一人『康楽堂』に残っていたのは、次の奉公先を探してくれることになっていた口入れ屋の返事を待っていたからだということも、多平は付け加えた。

「ここの主一家がこんな目に遭《あ》っていたのは、いつ知ったんだい」

伴助は静かに問いかけた。

「夜が明けてすぐ、厠《かわや》に行こうとしたら、廊下に貫次郎さんが倒れてて——、そしたら、縁の雨戸が外れていて、庭には雪乃さんが血まみれになって——、土蔵の中には、旦那《だんな》さんとおかみさんが」

そこまでたどたどしく話すと、おたまは苦し気に息を吸い、そして顔を伏せた。

「昨夜は、物音や人の声は聞かなかったの」

おりんが穏やかに声をかけると、おたまは顔を上げ、

「わたしは、裏口の台所脇の納戸に寝てますから、よっぽどの騒ぎじゃないと、表に近いこの辺の音は、聞こえません」

心細げな声で答えた。

「廊下で死んでたのは次男ということだが、この家の惣領はどうしてるんだい」

伴助が問いかけると、おたまは唇を噛《か》んで、静かに顔を伏せた。

「圭太郎《けいたろう》さんは、番頭の庄兵衛《しようべえ》さんのそばで商人修業をしてらしたんだけど、この半年ほど、旦那さんやおかみさんと言い争いを繰り返してました。それでとうとう、四、五日前、旦那さんと大喧嘩《おおげんか》して飛び出していかれました」

顔を伏せたおたまの声は、小さい。

「その圭太郎は、その後どうしたんだい」

「一度も、お帰りになってないと思います」

おたまは、問いかけた伴助に、くぐもった声で答えた。

早朝から活気を呈する堀江六軒町一帯は、日が昇ってから半刻（約一時間）ほど経った時分になると、いつにも増して騒然としていた。

薬種問屋で起きた禍々《まがまが》しい事件を聞きつけた多くの野次馬が通りに押しかけて、『康楽堂』の中を覗《のぞ》き込もうという騒ぎになっていた。

おりんは、奉行所の小者《こもの》や伴助、多平の下っ引きたちと、『康楽堂』の戸口に近づく野次馬を押し戻している。

「遅くなりました」

そういいながらおりんに近寄ってきたのは、弥五平である。

騒ぎの状況を察した弥五平は、他の下っ引きたちに混じって、野次馬たちの動きに目配りをした。

「おれのところに知らせに来てくれた堀留の若い衆の話だと、喜八は仕事に出かけた後だったようです」

そう告げた弥五平におりんが頷《うなず》くと、

「中の様子はどんなもんです」

弥五平は少し声をひそめた。

「半刻前に検視役人を連れた磯部様と仙場《せんば》様が入られて、そろそろ検視が終わる時分だよ」

おりんは、北町奉行所の同心、磯部金三郎と仙場辰之助《たつのすけ》が『康楽堂』に到着してからの状況を、かいつまんで口にした。

金三郎と辰之助は、堀江六軒町の多平の案内で、死体のあった三か所を見て回った後、その場で検視に立ち会っている。

その検視には多平も付添っていた。

甚左衛門町の伴助は金三郎の命を受けて、行方《ゆくえ》の分からない惣領息子、圭太郎の友人知人を訪ね歩くために、すでに『康楽堂』からは離れている。

「おりんさん、磯部様が座敷でお待ちだよ」

建物の中から顔を突き出して、多平が告げた。

「表を頼むよ」

おりんは、弥五平に声を掛けて、『康楽堂』の土間に足を踏み入れた。

多平に付いて板張りを通り抜け、廊下へと進んだが、貫次郎の死体はなかった。

「仏はみんな、座敷に運んで並べたよ」

多平は、おりんの心中を察したものか、そう口を開いた。

奉行所の小者たちが動き回る庭にも、娘の死体はなかった。

多平の後ろから座敷に入ると、畳の上に筵《むしろ》を掛けられた四人の死体が並べられており、金三郎や辰之助の他に、検視役人が二人、死体を囲むように立っていた。

「この後、行方の分かっている『康楽堂』のもと番頭や奉公人たちを呼び出すことになっているから、おりんと多平は手分けして一人一人からこの家の様子を聞き出してもらいたい」

金三郎から発せられた命を、おりんと多平は腰を折って承った。

二

甚左衛門町の自身番は、小網町二丁目横町と接する角地にあった。

一本北側にある堀江六軒町の通りの騒ぎは、先刻、ようやく収まっていた。

『康楽堂』から死体が運び出され、戸口が厳重に閉ざされると、野次馬たちは散っていった。

『康楽堂』の番頭を務めていた庄兵衛から話を聞くことになったおりんは、弥五平とともに甚左衛門町の自身番に詰めている。ほかの奉公人たちを相手にする多平は、堀江六軒町の自身番が調べの場となっていた。

五十を越したばかりという庄兵衛の頭は真っ白で、顔には深い皺《しわ》が刻まれている。

神田須田町《すだちょう》の長屋から『康楽堂』に通っていた庄兵衛は、昨日から、娘夫婦の住む深川《ふかがわ》に出かけていたため、甚左衛門町の自身番に現れたのは、ほんの寸刻前のことだった。おりんが、着いたばかりの庄兵衛に『康楽堂』で起きた惨劇を伝えると、声もなく、ただ大きく息を吐いて瞑目《めいもく》した。

「こんなことにならなければよいのにと、思っていたのですが」

閉じていた眼を開けると、庄兵衛の口から掠れた声が出た。

おりんの横の机に着いて書記を務めている弥五平の手が、止まった。

「庄兵衛さんは、今日のことが起きる予感でも、おあんなすったということですか」

おりんは、努めて穏やかに問いかけた。

「この二年ばかり、『康楽堂』はまるで坂道を転がり落ちるように」

そこまで声にした庄兵衛は、大きく息を継ぐと、

「『康楽堂』の商いは、火の車でございました」

声を掠れさせ、天を仰ぎ見た。

そして、『康楽堂』の転落は、二年前に出来《しゅったい》した薬草の調合の不具合に端を発したのだと打ち明けた。

長年の顧客である日本橋の組紐屋《くみひもや》の主人が、調合された散薬を服用した後、体に変調を来したという苦情を持ち込んだことから『康楽堂』の薬に悪評が立ち始めたのだった。

その時、主の幸右衛門が丁寧な対応をしていればよかったのだが、「うちが調合を間違えることはあり得ない」と強気な姿勢を取ったせいで店の信用は堕《お》ちた。顧客の多くが『康楽堂』から離れ、客足も次第に遠のいて、調っていた娘の縁談も、一年前に立ち消えとなった。

「今年の初めごろまでは、貯《たくわ》えを取り崩してなんとか凌《しの》いでいたのですが、それにも限りがございます。旦那様はとうとう、神様に縋《すが》るようになられたのです」

庄兵衛によれば、主人の幸右衛門が縋った神様というのは、生霊《いきりょう》や死霊、ひいては神の言葉を口寄せするという『市子《いちこ》』と呼ばれる祈禱師《きとうし》のことだった。

幸右衛門は、『康楽堂』の座敷に『市子』を招いては、神の声を聞くたびに多額の謝礼を寄進したり、言われるままに高額なお札を買って神棚に供えたり、金の壺《つぼ》やら、干支《えと》にちなんだ子《ね》や丑《うし》などの銀製品、菩薩《ぼさつ》や十二神将などの様々な仏像を買い続けたのだが、商いの好転には至らなかった。

「しかし、神に縋ればなんとかなると信じた旦那様は、堀江町入堀の蔵に置いていた乾燥した薬草までお金に換え、高額な什器《じゅうき》や細工物まで売り払い、一月前、庭の蔵は空っぽになってしまったのです。それでとうとう、旦那様は『康楽堂』の看板を下ろすという決断をなさいました」

そういうと、俯《うつむ》いた庄兵衛は鼻水を啜《すす》ったが、そのほとんどは涙だと思われた。

半紙に書き記していた弥五平が、おもむろに筆を擱《お》いた。

「ごめんよ」

聞き覚えのある伴助の声がした。金三郎を先頭に、辰之助と伴助が、上がり框から三畳の畳の間に入り込んだ。

「まだ途中だったか」

金三郎が、庄兵衛に気付いて声を洩《も》らした。

「いえ。いま、庄兵衛さんから、『康楽堂』の事情は聞いたところでして」

おりんはそういうと、

「庄兵衛さん、また何か聞きたいことがあったら須田町に訪ねますから、今日のところはお帰りになって結構だよ」

「へぇ。いつでもお出で下さい」

庄兵衛はおりんに頷くと、金三郎らに辞儀をしながら、上がり框の方へと部屋を出て行った。

「磯部様、仙場様、ここへどうぞ」

弥五平は畳の間を立つと、自分は硯箱《すずりばこ》や半紙を載せた小机を抱えて、隣りの板張りの間に移動した。

「すまねぇ」

金三郎は弥五平に礼を述べると、辰之助とともに畳の間に腰を下ろし、伴助は隣りの板張りに入って膝を揃えた。

おりんが、金三郎たちに庄兵衛から聞いた話を大まかに伝えると、

「『康楽堂』で働いていた奉公人たちも、主の神頼みには眉《まゆ》をひそめていたようだな」

金三郎に話を向けられると、「さようで」と伴助は大きく頷き、

「ことに、跡取り息子の圭太郎は、この半年ばかり、父親の神頼みと『市子』への金の注《つ》ぎこみように、愚かだとか何を血迷ったのかとか、声を荒らげて罵《ののし》って、父と息子の言い争いが絶えなかったと、大方の奉公人が口を揃えておりました」

とも口にした。

「息子にすれば、そんな火の車の薬種問屋を譲られても困るっていうことでしょうな」

辰之助がため息混じりに呟くと、

「倅《せがれ》の圭太郎は、五日前に、父親と大喧嘩をして家を出てから行方がしれませんが、弟や妹を殺したのは、圭太郎でござんしょうか」

弥五平は二人の同心を、窺《うかが》うように見た。

「いや。妹の雪乃と弟の貫次郎を刺したのは、おそらく父親の幸右衛門だよ。刺されて死んだ姉弟の傷口は、その形から、土蔵で首を吊った主夫婦の足元に落ちていた包

丁で刺されたものに間違いない。おそらく幸右衛門は、悔恨と絶望に苛《さいな》まれた末に二人の子を道連れにして、女房と首を吊ったんだろうよ」

金三郎は、珍しくしんみりと語った。

「それにしても、困った相手から、まるで搾《しぼ》り取るように物を売りつけた『市子』のやり口には腹が立ちます。人の弱みに付け込んだ手口は、鬼畜の所行ですよ」

おりんの口からも、思わず怒りの声が飛び出した。

「奉公人たちのいうことには、『康楽堂』に度々来ていた『市子』は、顔の左側に火《や》傷《け》の痕《あと》のある、五十絡みの女だったということですが」

伴助がいうと、

「『康楽堂』と軒を並べている傘屋の亭主も、そんな風なことを言ってましたね。白髪交じりの垂れ髪だったたと」

辰之助も、そう言い添えた。


堀江町入堀近辺は、午後の日を浴びていた。

八つ（二時頃《ごろ》）の鐘を聞いてから半刻ばかりが経った頃おいである。

室町三丁目から伊勢町《いせちようがし》河岸を通ってきたおりんは、堀留二丁目にある『駕籠清』の庭へと入り込んだ。

いつもなら、二、三丁の駕籠が置いてあったり、駕籠舁《か》き人足の誰《だれ》かが桐の木の傍の井戸端で汗を拭《ぬぐ》ったりしているものだが、その姿はなかった。

仕事で出払っているのなら、その分実入りもあるということだから、結構なことではある。

開いていた戸口から帳場の土間に足を踏み入れたおりんは、

「ただいま」

帳場格子の机に着いていたお粂に声を掛けた。

「おかえり」

こめかみを両手の親指で押さえながら返事をしたお粂は、痛そうに顔をゆがめている。

「こっちだぜ」

帳場の奥から、嘉平治の声がした。

「みんな、集まってるよ」

お粂は、帳場と囲炉裏の間を仕切っている衝立《ついたて》の方を、顎《あご》で指し示した。

土間を上がったおりんが、囲炉裏端に立つと、嘉平治と弥五平に加え、喜八まで囲炉裏を囲んでいた。

「名所案内の刷り物売りを片づけて、ほんの少し前に駆け付けましてね」

喜八は、おりんが嘉平治の正面に腰を下ろすと、そういって軽く頭を下げた。

「たったいま、弥五平から『康楽堂』の件について、あらましを聞いたところだよ」

嘉平治が口を開くと、弥五平は小さく相槌《あいづち》を打った。

「弥五平兄ぃの話じゃ、倅と娘を刺し殺したのは、女房と首を吊って死んだお店《たな》の主だっていうし、駆けずり回らずに済んでなによりじゃありませんか。ねぇ」

喜八は、お気楽な声で一同を見回す。

「だがよ、行方をくらましてる跡継ぎのことが気になるんだよ」

呟くようにいうと、弥五平は、湯呑《ゆのみ》に手を伸ばして口へと運んだ。

「そうだな。今日のことを知ったら、跡取り息子はどうするかねぇ」

独り言のように口にした嘉平治は、胸の前で両手を組み、小さなため息をついた。

「あ。おりんさん、茶を淹《い》れましょうか」

「ううん。いい」

おりんは喜八の申し出を断ると、

「それよりも、今日の『康楽堂』の件に関しては、磯部様がいつにない力の入れようなんだよ」

嘉平治に向けた眼を、弥五平と喜八へと動かした。

商いの建て直しを目指して神頼みをした『康楽堂』の主、幸右衛門は、『市子』に勧められた品々を高額で買ったものの、その甲斐《かい》なく、財産を失った挙句に無理心中という道を選んだ。

「まともな『市子』もいるのだろうが、人の弱みに付け込んで金儲《かねもう》けを企むやつらを野放しには出来ねぇ」

『康楽堂』のもと番頭や奉公人たちから話を聞いた後、金三郎の口からそんな言葉が飛び出したのを、おりんは耳にしていた。

その直後、

「おりんにその気があるなら、『市子』に関する悶着《もんちゃく》を記した捕者《とりもの》帳もあるから、読んでみねぇか」

誘われたおりんは、甚左衛門町の自身番を出た後、金三郎に付いて北町奉行所へ廻《まわ》り、奉行所の書役《しょやく》が帳面に書き留めているという何冊かの捕者帳に眼を通した。

そのあと、『市子』の被害に遭って破産の憂き目にあったという男に口を利くので、会って話を聞くといいとも、勧められたのだ。

「それで、その男から話は聞けたのか」

嘉平治に問われると、

「うん。それで、帰りが遅くなったんだよ」

嘉平治ら三人に向かって小さく頷き、

「四十を越したくらいの、浅草の元は小間物屋の主人というお人だったよ」

おりんは、小間物屋をしていた男から聞いた話を、静かに語り始めた。

土地建物一切を失ったその男は、北町奉行所近くの蕎麦屋《そばや》で下男をしていた。

「あまりにも商いがうまくいかないものだから、夜道で占いをする易者に見てもらったら、一度、『市子』に縋ってみたらどうかと勧められたんだよ。それで、家の場所を教えたら、二日後に、その『市子』がやってきましてね」

元小間物屋の主がいうには、二度ほど祈禱《きとう》をしてもらったが、なんの好転もないと訴えると、

『信心が足りぬ』

怒った『市子』に一喝されたという。

その後は、勧められるままにお札や仏像を次々と買う羽目になった。

護符、宝船の絵、四天王像のうち多聞天《たもんてん》像、持国天《じこくてん》像と買い進めて行くうちに、金がなくなった。

「金がないというと、それは信心が足りぬからだと責められ、金を借りて買い続けましたよ」

しかし、その男に金を貸す者は一人もいなくなったという。

思い余って、二十両（約二百万円）で買っていた四天王像などの仏像を質屋に持っ

ていくと、『このガラクタは、預かれない』と言われて、突き返された。

「そこに至ってやっと、しまったと気づいたんだが、時すでに遅しってやつでね」

騙《かた》りに踊らされて膨らんだ借金の形に土地家屋を手放すことになったと、元小間物屋の主は、おりんを前にして苦笑いを浮かべたのである。

「その話で思い出したが、以前、同業の目明かしから面白いことを聞いたな」

嘉平治はそういうと、微《かす》かに小首を傾《かし》げ、

「その目明かしがお縄にした盗賊の一人が、『市子』と組んで盗みを働いていたっていう話だよ」

「組むっていうと」

おりんが、思わず身を乗り出した。

「商いに陰りが出たり、家の中でごたごたが起きたりすると、人は神にも縋る思いで易者や祈禱師に頼るもんだよ」

嘉平治のいうことに得心の行ったおりんは、小さくうんうんと相槌を打つ。

「たとえば、とある商家の主が、『市子』を家に呼んで祈禱やお祓《はら》いを頼むとする。これが一度きりで済むならどうということもあるまいが、その『市子』が、たまたま盗賊の手先だとするとどうだい」

そこまで口にして、嘉平治がおりんと二人の下っ引きに眼を向けた。

「一度きりではお祓いは終わらないと言って、その家に度々通って祈禱を続けるように仕向けるっていうんだよ」

「なるほど」

弥五平は、嘉平治の話の途中で言葉を発すると、

「同じ家に何度も入り込めれば、『市子』はその家の間取りはおろか、金の在りかにも感づきます。盗賊は、『市子』からその家の様子を聞いた上で、ある夜、押し込む」

そう呟いて、軽く唸《うな》った。

「磯部様は今日、そういう連中の卑劣さを嘆いてらしたんだよ。人の弱みに付け込んで有り金を吐き出させる『市子』の非情さや、お父っつぁんが口にした、『市子』と組んで押し込む盗賊への怒りをね。そいつらを捕らえて、他の悪党どもの見せしめにしたいって」

おりんが、胸中をさらけ出す金三郎を見るのは初めてのことだった。

『康楽堂』の惨状を目の当たりにして、いつもは滅多に動じない金三郎も心を揺さぶられたのかもしれない。

「しかし、ただ『市子』というだけじゃお縄になんか出来ねぇからなぁ」

喜八がぼやくと、

「そりゃそうだ。家に呼んで拝んでもらったりお祓いをしてもらったりした後じゃな

いと、真っ当なのか下心があるのかの見分けはつかないねぇ」

おりんも同調した。

「家を構えたり看板を出して、そこに客を呼んで祈禱をするような『市子』なら、真っ当だと思っていいだろう。いくらなんでも、居所を晒《さら》して悪事を働く悪党がいるとは思えねぇ」

「今の、親方の話で思い出しました」

喜八がいきなり口を挟んだ。

以前、自分が売った読売に刷られていた出来事を思い出したという。

「町中に置いた台に腰掛けて客を呼ぶ易者が、知り合いの拝み屋や『市子』なんかに客の名と住まいを流して小銭を稼いでるっていう内容でしたよ」

悩みや困りごとを打ち明ける客は、名や住まいを聞かなければならないなどと易者から言われたら、応じるほかないと思われる。

世の中の面白く珍しい出来事を紙に刷って売るのが商売の喜八は、町中のくだらないことにも通じていた。

「おれらが手分けして、町中の易者に相談をぶってみるっていうのはどうです。そのあげくに、前触れもなしに『市子』か拝み屋が訪ねてきたら、裏で、名と住まいの売り買いをした奴《やつ》らだと目星がつきます」

「だが喜八、やつらの本性をひん剝《む》くには、こっちには金があると思わせなきゃ食いついてはこないぜ」

弥五平から、もっともな意見が出ると、

「てことは、長屋住まいのおれや弥五平兄ぃのとこじゃ、向こうは洟《はな》も引っかけまいね。ここならお誂《あつら》え向きだが、『駕籠清』が、代々お上の御用をつとめる目明かしの家だと知れば、怖気《おじけ》づくだろうしな」

喜八は、囲炉裏の天井を見上げて、ため息をついた。

「易者に困りごとの相談をする役は、太郎兵衛《たろべえ》がうってつけじゃないかねぇ」

いきなりそんな声を掛けたのは、衝立の上部から顔だけ見せたお粂である。

「太郎兵衛はいま、借家ではあるけど、平屋ながらも一軒家住まいだ。実際はともかく、見た目はなんだか、小金を溜《た》めていそうな様子がどことなくあるしさぁ」

お粂は、悪戯《いたずら》っぽい笑みを浮かべて、一同を見回した。

三

おりんは嘉平治と並んで、神田川に架かる和泉橋《いずみばし》の袂に差し掛かっていた。

盂蘭盆会《うらぼんえ》の最終日とあって、昼前の町のそこここで、精霊船を運んだり、軒の灯籠《とうろう》を片づけたりする光景が見られる。

『駕籠清』の囲炉裏端で、悪質な『市子』をおびき出す策を練ったのは昨日のことである。

おりんと嘉平治は、お粂の進言を受けて、太郎兵衛の住まいに向かっていた。

和泉橋を渡ったおりんは、左に曲がり、以前訪れたことのある太郎兵衛の住まいへと嘉平治の先に立った。

一つ目の小路を右に曲がると、乾物屋の先で足を止め、

「ここだよ」

おりんは、片開きの格子戸門を指さした。

「ほう。なんだか、茶人でも住まいそうな佇まいじゃないか」

一軒家を見上げた嘉平治の口から、そんな感想が出た。

「あの、並木宗園《なみきそうえん》先生にご用でしょうか」

花柄の着物を身に付けた二十は超したくらいの女が、風呂敷包《ふろしきづつ》みを胸の前に抱えて、おりん父子《おやこ》に笑みを向けていた。

並木宗園というのは、絵師だと自称している太郎兵衛の雅号である。

「わたしは嘉平治といいまして、並木宗園さんは、義理の弟でしてね」

「並木宗園こと、太郎兵衛は、あたしの叔父にあたります」

おりんが嘉平治に続いて名乗ると、

「あぁ、先生から話には伺ってます。堀留の目明かしの」

女は、嬉々《きき》として目を丸くすると、

「わたしは、絵を教えていただいている、三和《みわ》と申します」

科《しな》を作って頭を下げた。

その時、家の中から拙《つたな》い三味線《しゃみせん》の音がした。

「先生はおいでのようですから、どうぞ」

格子戸を開けたお三和は甲斐甲斐《かいがい》しく先に立ち、建物の戸を開けて三和土《たたき》に立つと、

「せんせぇ、お客様をご案内しましたぁ」

奥に向かって甘ったるい声を張り上げた。

「ともかくどうぞ」

お三和は、太郎兵衛の返事も聞かずに廊下に上がると、おりんと嘉平治の先に立って角を曲がり、庭に面した縁に出た。

「客っていうと」

太郎兵衛の声がしたのは、縁の奥の八畳の部屋からだった。

「お。なんだ、義兄《にい》さんたちか」

胡坐《あぐら》をかいていた太郎兵衛は、三味線を抱えた二十五、六の男の傍で急ぎ膝を揃え

た。

「うちに到来物がありましたので、母からお届けするようにと言いつかってきました」

お三和はそういうと、縁に膝を揃えて、風呂敷包みを八畳間に置く。

「いやいや、それは恐れ入る」

太郎兵衛は、幾分、脂下《やにさ》がったような笑みを浮かべて、右の手を頭の後ろに当てた。

「叔父さん、今日は御用の筋に関《かか》わる相談があって来たんだよ」

おりんが切り出すと、

「ですから、出来ればお弟子のお二人には場を外してもらいたいんですがね」

嘉平治が丁寧な物言いをすると、

「信三《しんぞう》、稽古はここまでだな」

「はい」

信三と呼ばれた若者は、太郎兵衛に頭を下げると三味線を畳に置いた。

「お届けしたらすぐにお暇《いとま》するつもりでしたから、わたしもこれで」

「じゃお三和さん、そこまで一緒に」

声を掛けられたお三和は、笑顔で頷くと、信三に続いて戸口の方へと歩き去った。

三和という名に聞き覚えのあるおりんは、二人が去った方を眼で追った。

「なんだ」

嘉平治から声が掛かったが、おりんは「ううん」と誤魔化した。

月初めに、着物を届けにこの家に来た時、太郎兵衛が描いていた女の顔を見た家主の倅だという正吉《しょうきち》が、「お三和さんだ」と口にしたのだ。

その時、お三和のことを、太郎兵衛の「一番弟子だ」とも「三十二の出戻り」だといったことを思い出していた。

「その、御用の筋に関わることというのは何なんです」

太郎兵衛が、おりんと嘉平治を探るように見た。

「昨日のことだけど、堀江六軒町でなんともむごたらしい騒ぎがあったんだよ」

おりんは、薬種問屋『康楽堂』で起きた凄惨な無理心中の背景を、大まかに打ち明けた。

「あそこで薬を買った覚えはないが、若い時分『康楽堂』の前はよく行き来していたよ。ふぅん、あそこでそんなことがねぇ」

おりんの話を聞いた太郎兵衛は、唸るような声を洩らし、

「それが、このおれと、どう繋《つな》がるのかがよく分からないがね」

首を傾げた。

「今夜から、叔父さんには江戸の町を歩いて、易者に相談事を持ち掛けてもらいたい

のよ」

おりんがそういうと、太郎兵衛は狐《きつね》につままれたような顔をした。

「太郎兵衛さん、『康楽堂』で起きた無理心中の陰には、人の弱みに付け込んだ『市子』や易者が絡んでいると、奉行所のお役人も睨《にら》んでおいででしてね。そんなやつらをおびき出したいんですよ」

そのために、囮《おとり》が要るのだと嘉平治は訴えた。

易者から相談事を聞いた『市子』や拝み屋らしき者が、太郎兵衛の家を訪ねるのを待ちたいのだと、打ち明けた。

「その『市子』やら拝み屋が、盗賊と繋がっているのなら、一網打尽にしたいというのが、北町奉行所の同心、磯部様のお考えなんですよ」

「だけど義兄さん、易者に相談する役がどうしてわたしなんでしょうね」

「それはつまり」

嘉平治は、太郎兵衛に問いかけられて答えに詰まった。

「お祖母《ばあ》ちゃんがね、そういい出したのよ」

「なに」

太郎兵衛が、ぴくりと背筋を伸ばす。

「太郎兵衛叔父さんなら、芝居小屋に通っていたから芝居を打つのは得意だって。そのうえ、並木宗園っていう絵師の雅号も持ってる。そんなお人の家には値打ちものの書画骨董があるに違いないと、相手はきっと目星をつけるはずだと、ま、お祖母ちゃんはそういうのよ」

「そうか。おっ母《か》さんにそう言われると、断った後のことが怖いね。分かった。請け合いましょう」

大きく頷いた太郎兵衛は、

「夜の町に出て、易者には何を相談すればいいんだい」

真顔でおりんを窺う。

「それは、芝居の戯作者《げさくしゃ》を目指してる叔父さんが考えてよ」

「うん。しかし、うちに来た『市子』に、仏像やらお札やらを買えと言われても、そんなおあし、おれは出せませんよ」

太郎兵衛は、懐《ふところ》具合の悪さを恥じ入ることなく、堂々とそう述べた。

「訪ねてきてすぐに何かを売りつけるとは思いませんが、もし、そう言い出されたら、なんとかするといって、相手に気を持たせておくんなさい。そのうち、じわじわと本性を現すはずですから」

嘉平治の話に、太郎兵衛は「芝居なら、お互いの腹を探り合う見せ場だね」と口にして笑顔で頷いた。

「とにかく今は、叔父さんの相談事がどこかに筒抜けになるのかどうかを確かめたいのよ。だから、『市子』や拝み屋がここに現れたら、拝んでもらうのは二刻（約四時間）以上あとか、別の日にしてもらってね」

おりんは、太郎兵衛に念を押した。

『市子』が現れたという知らせを聞いてから、おりんや弥五平ら下っ引きが太郎兵衛の家に駆け付けるには、刻限の余裕が必要だった。

嘉平治は、今夜から町を歩き回る太郎兵衛の前に、穴開きの四文銭《しもんせん》（約百円）を百二十枚（約一万二千円）入れた布袋を置いた。

一晩に四、五人の易者を訪ね回っても、数日は賄える額だった。

体の右側で回している鉤縄《かぎなわ》が、びゅんびゅんと風を切るような音を立て始めた。

『駕籠清』の庭の角地に立つ桐の木の下で足を踏ん張ったおりんは、握っていた鉤縄を上方へ向けて放す。

葉を茂らせて左右に伸びる桐の枝の隙間を、鉄の鉤が突き抜けて上り、二階の屋根の庇《ひさし》くらいの高さにある小枝に巻き付いた。

間髪を容《い》れずに細紐を引くと、びくともしない。

間違いなく、鉤の尖《とが》りが枝に食い込んでいるのだ。

二度三度と細紐を引いたおりんは、足を幹に付け、紐を摑んで昇り始めた。

「紐は切れないの」

藤棚《ふじだな》の下の縁台で煙草を喫《の》んでいたお紋から、のんびりとした声が掛かった。

「切れはしないけど、紐が細いから手が痛い」

「そしたらやめて、下りておいでよ」

「枝から鉤を外さなきゃなんないから、そうはいかないんだ」

そういうと、紐にぶら下がったおりんは体を揺らして、近くの枝に飛び移った。

「なるほど。おりんちゃんが細股引を穿《は》いてるのは、こんな時のためね。お尻隠しに」

お紋の声が、枝を足掛かりにして上へと昇るおりんの背中に届く。

おりんと嘉平治が、神田佐久間町《さくまちょう》の太郎兵衛の家を訪ねてから三日が経った日の午後である。

おりんは、両足を木の枝に載せると、眼の高さの枝に巻き付いている鉤縄を外した。

「お紋ちゃん、井戸端に寝かせてる梯子《はしご》を立てかけてくれない」

おりんが声を掛けると、

「分かった」

煙管の吸い殻をはたいて立ったお紋が、建物の壁際に寝かせてあった梯子を桐の木の幹に立てかけて、下で押さえてくれる。

とんとんとんと下り切ったおりんは、

「ありがと」

礼を言うや否や、鉤縄の紐を輪にして巻き取った。

「ね、おりんちゃん、あれから毎晩、太郎兵衛叔父さんについて夜の町を歩き回ってるの？」

藤棚の下の縁台に並んで腰かけたお紋から問いかけられると、

「そう、三日前から毎晩」

おりんは即座に返答した。

お盆の送り火を焚いた日の夜から、町の辻々《つじつじ》で卜占を業とする者たちを探す太郎兵衛に、おりんは同道していたのだ。

もちろん、相談者として立つのは太郎兵衛一人で、おりんは物陰から易者の様子や顔形に眼を凝らした。

易者の多くは男だったが、中には年齢もまちまちの女もいた。

女の易者のほとんどは、笠《かさ》や布切れで顔を隠していたが、仕草と声で女だということはすぐに分かった。

一晩で四人から五人の易者を巡ったから、十八日の昨夜までに、太郎兵衛はおよそ

十四、五人の易者に相談を持ち掛け、名と住まいを伝えた勘定になる。
「まだ、誰も近づく人はいないの？」

「うん。もうそろそろ、一人ぐらい引っ掛かってもよさそうなもんだけどねぇ」

縁台に腰掛けたおりんが、「うぅ」と唸って両足を伸ばした時、駕籠舁き人足の伊《い》助《すけ》と完太《かんた》が、掛け声とともに駕籠を担いで庭に飛び込んできた。

その駕籠を地面に置いた途端、乗っていた太郎兵衛が転がり落ちた。

伊助と完太は咄嗟《とっさ》に両脇に立って、太郎兵衛を抱え上げる。

「どうしたの、叔父さん」

おりんが立ち上がると、お紋まで腰を上げた。

「竜閑川《りゅうかんがわ》の今川橋《いまがわばし》で、欄干に手をついてよたよた歩く太郎兵衛さんを見かけたんだよ」

伊助がそういうと、

「それで声を掛けたら、戻り駕籠なら乗せて行ってくれと言いなさるんでね」

完太は、長棒にもたれかかった太郎兵衛に顔を向けた。

「話し声は帳場にまで聞こえたよ」

そういいながら、お粂が庭に出てきた。

「身内とはいえ、うちの商売道具を使ったんだから、駕籠代はちゃんとお出しよ。今川橋からなら、二十五文（約六百二十五円）でいいよ」

「『駕籠清』の番頭とはいえ、おっ母さん、そりゃあんまりだ。おれは、おりんに頼まれて御用の筋の手伝いをしてるんだぜ。それで夜ごとの易者巡りでふくらはぎを痛くしたんじゃないか。駕籠代なら、おりんが出すのが筋というものじゃありませんかねぇ」

芝居じみた台詞《せりふ》を連ねた太郎兵衛が、よよと長棒にもたれかかると、駕籠が倒れそうになり、

「あっ」

声を上げた太郎兵衛は、すんでのところで伊助と完太に抱き留められた。

「おりん喜んでくれ。『市子』の使いだという女が、半刻前に佐久間町の家に現れたんだよ」

そういうと、太郎兵衛は駕籠から離れて、藤棚の下の縁台に腰を掛けた。

「それで」

おりんの声に、その場にいた一同が、太郎兵衛の前に連なった。

「知り合いの易者から、自分一人では答えを出しきれない客が来たから、相談に乗ってやってくれないかと頼まれて来たとその女は言ったが、二日前、一石橋《いっこくばし》の袂で見てもらった、笠を被った女易者だと、こっちは声を聞いて分かった」

太郎兵衛はしたり顔になり、

「それでおれは、この前の取り決め通り、家に来て拝んでもらうことにしたんだよ」

囁くようにいうと、にやりと笑った。

「拝みに来るのは、いつなの」

「明日の五つ半（九時頃）」

太郎兵衛はそう口にした。

明日なら、十分支度は出来る――おりんは、胸の中で段取りを思い描くと、大きく息を吸い込んだ。


翌七月二十日の昼前、神田佐久間町一帯は秋の日を浴びていた。

太郎兵衛の住まいの周辺には居職《いじょく》の職人が多く、朝早くから、鉄を叩く音や桶《おけ》を叩く音が響き渡る。

五つ（八時頃）の鐘を聞いてから、ほどなく半刻が経つ時分である。

昨夜から太郎兵衛の家に泊まり込んでいたおりんは、朝餉《あさげ》をともに済ませると、出入り口の脇の四畳半の部屋で身支度を済ませていた。

女中らしく、鳶《とび》色に黒の立湧《たてわく》柄の地味な着物を身に纏《まと》って、『市子』を迎え入れる役割を受け持っているのだ。

「ごめんなさいまし」

建物の外から、年増女《としま》の声がした。

「はぁい」

声を上げて四畳半の部屋を出ると、縁に面した八畳の部屋から出てきた太郎兵衛と鉢合わせした。

「あたしが相手するから、叔父さんは向こうでドンと構えてて」

おりんが小声で命じると、太郎兵衛は小さく頷きながら引き返す。

息を整えて三和土に下りたおりんは、腰高障子《こしだかしょうじ》を静かに引き開けた。

戸口の外には、白の小袖《こそで》に緋《ひ》の袴《はかま》を着け、巫女《みこ》のような装《な》りをした、十二、三くらいの娘が立ち、脇には、白の小袖に茶の袴を穿いた三十代半ばほどの女が笈《おい》を背負って、まるで従者のよう控えていた。

「太郎兵衛殿のお招きにより参上しました、『大日天女《だいにちてんにょ》』様でございます」

巫女姿の娘を指し示した年増女は、

「わたしは、『大日天女』様にお仕えする、『三昧耶《さんまや》』と申します」

そういって、おりんを見て目礼をした。

「はい。太郎兵衛様から伺っております」

「あなたは」

「この家の女中です」

「昨日はいなかったのでは」

『三昧耶』が、猜疑《さいぎ》の眼を向けた。

「あたしは通いなので、ご用がなければ早く引き上げることになってますから」

明るく返答すると、戸を全開にして、「どうぞ」と促した。

『大日天女』と『三昧耶』と名乗る二人が三和土に入ると、おりんはゆっくりと戸を閉めながら、通りの向こうにある桶屋の格子窓に目を走らせた。

それは一瞬のことで、

「ささ、どうぞ」

すぐに三和土を上がり、『大日天女』と『三昧耶』の先に立って縁に出ると、太郎兵衛の待つ八畳の部屋に招じ入れた。

すると『三昧耶』はすかさず『大日天女』を床の間を背にした場所に座るよう指し示すと、自分は笈を下ろして、その横に控えた。

「今日は、ひとつよろしゅう」

太郎兵衛が声をかけたが、『大日天女』から返事はなく、『三昧耶』も無言で笈を開き、小ぶりな梓弓《あずさゆみ》、矢、御幣《ごへい》、鈴、注連縄《しめなわ》を取り出して畳に並べた。

大日如来《だいにちにょらい》を思わせる『大日天女』といい、お寺で耳にする『三昧耶』を名乗っているのに、巫女のような装りをしたり注連縄を出したり、仏道と神道が混然としているのが、なんともいかがわしい。

「これからは、太郎兵衛殿の他は、祈禱の場から去っていただく」

『三昧耶』が、叱《しか》りつけるような物言いをした。

「では」

おりんは軽く会釈をすると部屋を出て、戸口に近い四畳半の部屋に入った。

四畳半の部屋の出入り口は、庭の縁側に向いた方で開け閉めするようになっている。

「祈禱の場から去れ」と言われた手前、大っぴらに戸を開けて立ち聞きするわけにもいかない。

おりんは、戸をほんの少し開けて、聞き耳を立てることにした。

だが、八畳の部屋はまだ静かである。

薬種問屋『康楽堂』の座敷で見たように、部屋の四方に注連縄を張り巡らせているのかもしれない。

だが、『康楽堂』を訪れていた『市子』は、顔に火傷の痕のある五十絡みの女だというから、太郎兵衛の家に現れた二人連れとはなんの関《かか》わりもないと思われる。

「それでは、あなた様の相談事を承ります」

厳かな『三昧耶』の声が四畳半の部屋に届いた。

「ええと」

太郎兵衛が声を発すると、

「『大日天女』様へ直《じか》に話しかけてはなりません。太郎兵衛殿と『大日天女』様の間を取り次ぐのはわたくしめの務めでございます」

『三昧耶』がいかめしい物言いをすると、

「先夜、町中の易者に、長年にわたって戯作者になりたいと努めていたが、四十になる今日まで叶《かな》わないと訴えていたそうですが」

「さようで」

太郎兵衛が、『三昧耶』に殊勝な声で返答した。

「そなたの願いは、なんとか、戯作者として立ち行くようになりたいということでよろしいのか」

『三昧耶』の問いかけに、太郎兵衛が「ははっ」と答えた声が届き、

「『大日天女』様、どうか御答えを」

『三昧耶』の重々しい声がした。

すると、ビョンビョンと、弓の弦を弾《はじ》くような音がし、続いて鈴が鳴らされると、娘の唸る経文のような祝詞《のりと》のようなくぐもった声が、おりんのいる部屋にも聞こえて

きた。

それは延々と続き、

「おんさんまやさとばん」

という言葉を最後に、四半刻（約三十分）の半分くらいを費やした娘の祈禱の声は止《や》んだ。

すると、祈禱の声にかき消されていた、桶や鉄を叩く近所の音が入り込む。

「『大日天女』様からのお告げです」

『三昧耶』が発する恭しい声がすると、おりんはさらに耳をそばだてた。

「ほほう。これは金ですかな」

太郎兵衛がわざとらしい声を張り上げた。

「いかにも。大日如来の金無垢《きんむく》の座像でございます。これをお傍に置いて毎日拝めば、日輪の日射しがあなた様に届き、必ずや、願い事は叶います。このありがたい如来像は三十両（約三百万円）ではありますが、格別の思《おぼ》し召しにより、十両（約百万円）でお分け出来ますする」

「十両が一両（約十万円）でも、買えませんな」

太郎兵衛から、笑いの混じった声が出た。

「ならば、こちらのありがたい宝船の絵は、二分（約五万円）にするが如何《いかが》」

「それも無理ですな」

太郎兵衛の返事に迷いはなかった。

何かを売りつけられてもすぐには決めず、相手に気を持たせる手筈だったのだが、そのことはどうやら、太郎兵衛の頭からすっぽりと抜けていたようだ。

「戯作者になりたくないのかっ」

『三昧耶』が、突然声を荒らげた。

「なりたいから呼んだんじゃないか。いま、一両や十両を出せる暮らしをしているなら、なにも神様に縋りはしねぇよぉ」

太郎兵衛は、芝居の二枚目のような台詞を吐いた。

「おのれ、開き直ったな。ならば、今日の祈禱料は」

「約束の一分（約二万五千円）なら、ここに置くよ」

八畳の部屋から、畳を叩く音がした。

すると突然、物を片づけたり歩き回ったりと、慌ただしい物音が湧き上がり、笈を抱えた『三昧耶』が『大日天女』の手を引いて縁に飛び出してきた。

「神様に差し出す金もないのに神頼みをするとは、図々《ずうずう》しいにもほどがあるっ」

眼を吊り上げて喚《わめ》きながら三和土に下りた『三昧耶』は、荒々しく戸を開けて、『大日天女』と共に表へと飛び出した。

「行ったか」

太郎兵衛が、廊下の角から顔半分だけ出して呟いた。

「叔父さん、三日前の一石橋の易者に間違いないね」

「うん。声も同じだし、色っぽい黒子《ほくろ》の場所もおんなじだ」

太郎兵衛はそういうと、胸元近くの首筋に人差し指を向けた。

おりんは急ぎ草履を履いて戸口を出ると、待機していた桶屋の中から出てきた弥五平と喜八が、『三昧耶』と『大日天女』の後を追って行く姿を、格子戸の中から眼で追った。

四

六つ（六時頃）を知らせる時の鐘が打たれてから、寸刻の後。

下谷《したや》山崎町《やまざきちょう》二丁目は上野東叡山《とうえいざん》の東側の山陰にあって、落日前から薄暗くはあったが、秋の日は釣瓶《つるべ》落《お》としと言われる通り、あっという間に夕闇が濃くなっていた。

下谷山崎町二丁目の『九助店《きゅうすけだな》』の空店には行灯《あんどん》がともり、おりんと同心の仙場辰之助が、六畳ほどの板張りで軽く息を詰めていた。

裏庭に面した障子は二寸（約六センチ）ばかり開けられ、喜八がその隙間から外の様子に眼を凝らしている。

裏庭の向こうは夕闇に包まれた坂本村《さかもと》の畑地である。

その畑地に、黒々とした影となって数軒の百姓家が立っており、二、三の家からは明かりが洩れ出ていた。

この日、神田佐久間町の太郎兵衛の家から飛び出した二人連れの『市子』の後を追った喜八と弥五平は、その二人が、坂本村の一軒の百姓家に入るのを見届けたのである。

だが、『市子』二人は真《ま》っ直《す》ぐ坂本村に向かったわけではなかった。

弥五平と喜八は、太郎兵衛の家を飛び出した二人が、湯島天神社地門前町《ゆしまてんじんしゃちもんぜんちょう》の小汚い長屋の一軒に入るのを確認すると、近くで身をひそめて、次の動きを待ったという。

およそ一刻（約二時間）の後、長屋の戸が開いて、薄柿色の普段着に着替えた『大日天女』が路地に出てきて、

「おっ母さん」

家の中に呼び掛けると、老竹色《おいたけ》に黒の棒縞《ぼうじま》柄の着物を纏った『三昧耶』が下駄を引っかけて出てきた。

その様子から、二人は母娘《おやこ》に違いないという報告を、おりんは先刻、弥五平から聞いていた。

湯島の長屋から後をつけた弥五平と喜八は、不忍池《しのばずのいけ》の南岸から上野広小路《ひろこうじ》に出た母娘が山下へ向かい、迷うことなく下谷山崎町二丁目と境を接する坂本村の百姓家に入ったのを確認したのだ。

弥五平はその場に残って見張り、喜八が太郎兵衛の家に残っていたおりん、そして、北町奉行所に走って同心の磯部金三郎に報告して、下谷山崎町二丁目の『九助店』に戻っていたのである。

「じっとしているのも退屈だったんで、近くの住人からそれとなく話を聞いてみましたが、無住になっていた百姓家には、三年前から、五十過ぎの髭面《ひげづら》の男が一人で寝泊まりしてるようです」

喜八より先に駆けつけたおりんは、弥五平からそんな話を聞いていた。

だが、そこには堅気とは見えない男たちが何人も出入りしているので、近隣の者は怖がって近づかないようにしているという。

そのうえ、母親とその娘らしい二人連れが、たまに姿を見せるとも知った。

同心の仙場辰之助が、下っ引きの一人を伴った目明かしの多平と共に駆けつけたのは、日がかなり西に傾いた頃おいだった。

「百姓家の男を何人もの男どもが訪ねて来るということから、髭面の男は盗賊の頭と見てよい。入り込んだ母と娘も、おそらく盗みの手引きをする偽りの『市子』に違いあるまい」

辰之助は、おりんたちの話を聞いてそう断じた。

そして、東隣りにある越中松平《えっちゅうまつだいら》家下屋敷外の辻《つじ》番所に頼み込んで、弥五平と多平、それに下っ引きを詰めさせ、『九助店』の見張り所にはおりんと喜八、それに辰之助が潜むことになったのである。

「仙場様、お盆に握り飯と漬物を用意しておりますので、空腹のときは召し上がってください」

おりんが勧めると、

「そりゃありがたい。気が利くな」

辰之助はいつも通りの、気持ちの籠《こも》らない物言いをしたが、

「なんの」

おりんは軽く会釈をした。

同心の指示で動く目明かしは、家を出たら何日も帰らないことも、急遽《きゅうきょ》、江戸を離れることもある。そんな時のために、務めに出る際は、懐にいつも一両か二両（約二十万円）を忍ばせている。

「それぐらいあれば、お伊勢《いせ》様に行って帰る路銀になる」という、嘉平治の教えを実践していたのだ。

坂本村の上に月が出て、畑地は縦横に伸びている幾筋もの畦《あぜ》で区分されているのがうっすらと判別出来るようになった。

日が暮れてから四半刻は経った時分である。

「男が二人、あの百姓家に近づいてます」

障子の隙間から坂本村の方を覗いていた喜八が、低く鋭い声を発した。

急ぎ腰を上げたおりんは喜八の頭近くに顔を寄せ、辰之助は立ったまま外に眼を凝らす。

月明かりを浴びた道を、男の影がふたつ、履物を引きずるような音を立てて進み、髭面の男が住まう百姓家の戸口に立った。

戸が開くと、二つの影はするりと家の中に入り、戸は閉まった。

戸が開いた時に洩れ出た明かりで、影の一つは小太りのざんばら髪で、もう一つは、伸びた髪を後ろで束ねた細身の男だということがぼんやりと見て取れた。

「近づいて、中の話し声を聞いてまいりましょうか」

おりんが口を開くと、

「出来るか」

すぐに辰之助に問われた。

「そういうことなら、おれが」

喜八が買って出たが、おりんは首を横に振って断り、「では」と小さく声を発して『九助店』の見張り所を出た。

長屋の北はすぐに坂本村の畑地になっており、『市子』母娘がいる百姓家までは十間（約十八メートル）ばかりの隔たりがある。

畦を通って近づいたおりんは、明かりの洩れる蔀戸《しとみど》の近くに片膝を立てて潜んだ。

茶碗が触れ合ったり、何かに箸《はし》を置いたりする音に混じって、ぼそぼそと話す男たちの声も微《かす》かだが届いた。

「そろそろ仕事に掛からねぇと、金のねぇ若いもんが苛々《いらいら》して、抑えが利かなくなりますぜ、お頭ぁ」

ぼやく男の声がすると、

「なかなか、ここという押し込み先がねぇんだよ」

年の行ったような男から、言い訳がましいだみ声が吐き出された。

だがすぐに、

「おい、おせき、今日拝みに行った戯作者の家ってのは、お宝はあったのか」

と問いかける声がして、

「冗談じゃねぇ。お宝なんかあるもんかい」

太郎兵衛の家で聞いた『三昧耶』の声がした。どうやら、『三昧耶』の名は、せきというらしい。

そのおせきは、太郎兵衛を悪《あ》しざまに罵ると、

「以前渡した、鎌倉横町《かまくらよこちょう》の茶問屋の方はどうなってるんですよ」

と話を替えた。

「お城に近かろうが武家屋敷が近かろうが、もうこうなりゃ、背に腹は代えられませんよ。その茶問屋に押し込みましょうや。子分どもに早いとこ金をつかませねぇと、一党を抜けたり、どこかに押し込んで、役人に尻尾《しっぽ》を掴まれるってことにでもなりゃ、こっちの身が危なくなりますぜ、お頭」

ぼやいた男とは別の男が、焦れたように訴えた。

下谷山崎町や坂本村一帯に、四つ（十時頃）を知らせる時の鐘が響き渡ったのは、およそ半刻前である。

寛永寺《かんえいじ》で撞《つ》かれる鐘の音は、上野東叡山の東側から坂道を駆け下りるようにして下谷一帯に轟《とどろ》くに違いなかった。

「開けるぞ」

『九助店』の路地から低い声がかかると、坂本村の様子を窺っていたおりんを手で制

した喜八が戸口に向かう。

するると、外から戸を開けた辰之助は、目礼する喜八とおりんに頷いて、引き連れてきた弥五平や多平と共に土間を上がってきた。

辰之助は、百姓家に近づいたおりんが聞いた話の内容を知ると、同心の磯部金三郎に報告するため、昨夜のうちに『九助店』を離れていたのだ。

「その後、何か動きは」

「昨夜現れた男二人は、仙場様がこの場を出られてすぐ、百姓家から出て行き、母親と娘二人は、今朝、夜明けとともに帰って行きました」

おりんが辰之助にそう返事をすると、

「百姓家に残ってるのは、髭面の五十男一人ということになります」

喜八は言い添えた。

「おりんが聞いた茶問屋の話を、昨夜、磯部様にお伝えして、今朝早くから多平はじめ、二、三の目明かしと弥五平たち下っ引きに鎌倉横町界隈の茶問屋を廻ってもらったところ、三月前に『市子』を家に呼んだ茶問屋が一軒あった」

辰之助の声に、弥五平と多平が厳然とした顔で相槌を打った。

それは、猫屋新道《じんみち》の向かいにある『松風庵《しょうふうあん》』という茶問屋だった。

主の孫娘が可愛《かわい》がっていた猫が姿をくらませたので、その行方を神に伺おうとして、

十二、三くらいの巫女と三十代半ばの女の従者を呼んだというのだが、太郎兵衛の家に現れた『大日天女』と『三昧耶』に違いあるまい。
だが、一度の祈禱で効き目はなく、三度四度と『市子』に頼んだが、結局、猫は見つからず、茶問屋はついに神頼みを諦《あきら》めたということであった。

「もともと『市子』とは名ばかりの大嘘《おおうそ》つきだ。猫の行方なんか分かるはずはありませんよ」

喜八はそういうと、鼻で笑った。

「おれは多平とともに北町奉行所に戻って、磯部様と話し合い、捕り手や小者などを集めて、『松風庵』近辺の警固に備えなければならぬ」

辰之助がいかめしい物言いをすると、

「わたしどもは百姓家の動きから眼を離すことなく、なにか動きがあれば、手の者をすぐに走らせます」

おりんがそう答えて頷くと、弥五平と喜八も黙って頷いた。

坂本町の百姓家に動きがあったのは、翌二十二日の午後である。

日が西に傾いた七つ（四時頃）という頃おいだった。

「戸が開きました」

下谷山崎町二丁目の『九助店』の障子の隙間から、坂本村の百姓家を窺っていた喜八が低い声を発した。

おりんと弥五平もすぐに障子際に寄って、外を見る。

百姓家から出てきた男の年恰好《としかっこう》は離れていて判然とはしないが、髭面のうえに腹の出た体形で、近隣の者が口にしていたように、五十前後と思える。

おそらく、盗賊の頭目と見てよいだろう。

頭目は、ゆったりとした足取りで畑地を抜け、下谷御切手町《ごきってちょう》を北から南へと貫く往還を、山下の方へと向かった。

頭目のあとを追って『九助店』を出たおりんら三人は、一塊にならないよう間隔を空けて、付けた。

上野広小路に出た頭目は、角を二つ曲がって、大名家の上屋敷が立ち並ぶ一帯を貫いている下谷御成街道《おなりかいどう》を神田川の方へ、依然、ゆったりと歩を進めている。

頭目が着ているのは深川鼠《ふかがわねずみ》に白抜きの算盤縞《そろばんじま》である。

どの家に押し込むかと算盤を弾く盗賊の洒落《しゃれ》にしては、人を食ったようで腹が立つ。

神田川に架かる筋違橋《すじかいばし》の手前の広小路に着いた頭目は、そこで右に折れると、迷うことなく、神田旅籠町《はたごちょう》の湯屋《ゆや》に入って行った。

「あたしと弥五平さんはここで待つから、喜八さんはこのことを磯部様に」

おりんは、弥五平と喜八と、湯屋近くの物陰で顔を合わせると、急ぎ命じた。

「確か、磯部様方が集まっておられるのは、鎌倉河岸《かまくらがし》ですね」

「その、御普請方持木置き場だ」

弥五平が、喜八の問いかけに答えた。

「磯部様にお知らせしたら、すぐにここに引き返しますんで」

そういうと、喜八は一礼してその場を離れ、筋違橋の方へと急ぎ足を向けた。

五

神田鍛冶町《かじちょう》の表通りはひっそりとしている。

通りを南へと向かえば、日本橋を渡った先は東海道という大通りなのだが、町の木戸が閉まる四つが近くなると、明かりも人通りも少なくなる。

表通りから一本東側にある小路は、さらに暗い。

二階家の料理屋の中から洩れ出ていた明かりも軒行灯《のきあんどん》の火も、四半刻前にすっかり消えた。

おりんは、料理屋の出入り口が窺える、小路を挟んだ向かい側の家と家の隙間に身を潜めている。

　夕刻、神田旅籠町の湯屋に入った頭目は、六つの鐘が鳴って四半刻も経った頃、三十に手の届きそうな男二人を連れて表に出てきた。

　おそらく、湯屋の二階で落ち合った子分だと思われた。

　おりんと弥五平は、磯部金三郎のもとから戻っていた喜八と、やはり間隔を空けて頭目ら三人をつけたのである。

　湯屋を出た頭目は、筋違橋を渡ると、急ぐことなく鍛冶町方面へと向かい、表通りから一本東側にある料理屋の客となっていた。

　押し込み先のある鎌倉横町に行く前に湯に浸《つ》かり、料理屋で腹を満たそうなど悠長に思えるが、やはり用心をしているのかもしれない。

　だが、少しずつ、確実に鎌倉横町には近づいている。

　料理屋の向かい側で見張りをはじめてから二刻ばかりが経った頃、微かにおりんの方に近づく足音が聞こえた。

「おりんさん、あっしです」

　足音が止まるとすぐ、喜八の声がした。

　おりんが、物陰から小路に体を出すと、

「今、料理屋の裏口から若い男が二人出て、どこかへ行きました」

　喜八は声を低め、

「髭面の頭目はまだ中にいます」

と、続けた。

「二人が先に出たのは、付ける者がいないか確かめるためだよ。あたしらは、頭目の動きだけ追えばいい」

おりんがそう口にした直後、料理屋脇の小道から薄明かりを浴びた弥五平が飛び出してきて、

「頭目が裏口を出てこっちに来ます」

低く鋭い声で告げた。

おりんは咄嗟に、自分が身を潜めていた建物の隙間を指し示す。

喜八と弥五平はすぐに狭い場所に入り込み、おりんが入り込める隙間を作る。

おりんがその隙間に身を隠した直後、料理屋の脇の小道から出てきた頭目が、左へと折れて白壁町《しらかべちょう》の四つ辻の方へ向かった。

頭目の後ろ姿が、白壁町の四つ辻を突っ切ったのを確認したおりんたち三人は、またしてもお互いの間隔をとって、付ける。

頭目は、紺屋町《こんやちょう》の丁字路に差し掛かると、迷うことなく右に曲がった。

曲がった先に鎌倉横町があることが、おりんにはすぐに分かった。

頭目は元乗物町《もとのりものちょう》の四つ辻も突っ切り、鎌倉横町の四つ辻を突っ切った先にある出世《しゅっせ》

不動《ふどう》の暗い境内に入り込んだ。

出世不動から『松風庵』まで、ほんの一町（約百九メートル）の隔たりしかない。

「喜八さん、持木置場の磯部様に今の様子を知らせておくれ」

出世不動が窺える暗がりに潜んだところで、おりんが命じると、喜八はひそかに、鎌倉河岸の方へと向かった。

ほどなく九つ（十二時頃）を迎える鎌倉横町界隈は静まり返っている。

御堀に近い一帯は、普段から日本橋、室町のような賑わいはなかったが、夜が更けると闇が深くなる。だが、例年、雛祭《ひなまつ》りが近づく二月の末になると、鎌倉河岸の豊島《とし》屋《ま》酒店の白酒を求めて、多くの人が押しかけて大賑わいを見せる。

「ごくろう」

喜八と共にやってきた金三郎が、暗がりに潜むおりんと弥五平に声を掛けた。そして、おそらく盗賊共は、出世不動内で人数を揃えたうえで、『松風庵』に押し入るつもりだろうという見解を述べた。

「奴らが出世不動を出たら、半紙に包んだ小石を『松風庵』の塀の中に投げ入れろ」

金三郎の指示に、おりんははっきりと頷く。

「ただし、『松風庵』の中に押し入った盗賊は、中で待ち受けているおれが捕らえるから、お前たち目明かしは一切構うな。外で待ち受けて、逃げ出した者を見つけたら、その時はひっ捕らえてよい」

さらなる金三郎の指示に、おりんたちは、顔を引き締めて頷いた。

風向きのせいだろうか、鐘の音が思いのほか遠くに聞こえた。日本橋本石町《ほんごくちょう》にある時の鐘から近いところにある鎌倉河岸なら、本来なら大きく聞こえるはずである。

今夜の鐘は、なぜだか陰に籠っていた。

その鐘が打ち終わるや否や、出世不動の境内から黒い塊が密《ひそ》やかに出て来ると、建物の壁伝いに歩を進めた。盗人被《ぬすつとかぶ》りをした、七、八人の黒ずくめの盗賊である。

それを見て、喜八は足を忍ばせて『松風庵』の方へと向かう。

おりんと弥五平は、忍び足で動く盗賊たちの背後から、慎重に付ける。

やがて、盗賊たちは、『松風庵』の裏口に回り、塀に手を突いた一人の背中に飛び乗った別の一人が、塀を乗り越えて立木の見える庭に消えた。

すぐに中から潜《くぐ》り戸が開けられると、外で待っていた黒ずくめの盗賊どもが塀の中へ次々に入り込んだ。

すると突然、塀の中から怒声が飛び交い、入り乱れた足音と物の壊れる音が夜の静寂に響き渡った。

潜り戸が壊れると、二つの黒い人影が道に転がり出た。

「おりんさん」

弥五平が鋭く声を発して黒ずくめの二人に近づくと、一人を背中に隠すようにして逃がした男が、匕首《あいくち》を抜いて立ちはだかった。

弥五平と喜八が匕首の男に手間取っている間に、もう一人の男は闇の向こうに逃げ去ろうとしている。

袂に忍ばせていた鉤縄を取り出したおりんは、逃げる男に向かって駆け出す。

細紐の先に結んだ鉤を頭上で回しながら追ったおりんは、逃げる男まで三間（約五・四メートル）と迫った所で、細紐を放った。

びゅんと風を切った鉤縄が延びて、逃げる男の片足に巻き付いたのを見て、おりんが思いっきり紐を引くと、逃げていた男は腹から地面に音を立てて倒れ込んだ。

駆け寄ったおりんが頬被りを剝がすと、痛みに顔をゆがめた髭面があった。

堀江町入堀の東岸を歩くおりんの耳に、芝居小屋からの歓声が届いた。

早朝から夕刻まで興行をする芝居小屋を持つ葺屋町と堺町の日中はいつも華やいでいる。

「天神社地門前町に住む母親と娘の『市子』を自身番に引っ張ったから、用がなければ来てもらいたい」

同心の金三郎の言付を持って『駕籠清』にやってきたのは、堀江六軒町の目明かし、多平の下っ引きだった。

それに応じたおりんは堀江六軒町の自身番に向かっていた。

鎌倉横町の茶問屋『松風庵』に押し込もうとした盗賊一党を捕らえた翌日のことである。

「ごめんなさいまし」

おりんが、自身番の表の玉砂利に立って声を掛けると、上がり框の障子を開けた多平の下っ引きが、

「どうぞ、中に」

上がるよう、丁寧に手で促してくれた。

上がり框に上がったおりんが、三畳の畳の間に入り込むとすぐ、

「あたしら、どういうわけでこんなところに連れて来られたんですかねぇ」

畳の間とは板戸で仕切られた三畳の板張りの間から、聞き覚えのある女の怒鳴り声が聞こえた。

一枚だけ開いた板戸の向こうに、金三郎と、その脇に控えている多平の姿があった。

「お前たち母娘は『市子』の主従として呼ばれた家の間取りや金の在りかを、盗賊の

頭、髭の熊吉《くまきち》に教えていたであろうが」

「髭だの熊だの、あたしら、知りませんよ」

金三郎の問いかけに激しく反発したのは、紛れもなく、『三昧耶』ことおせきの声である。

板張りの間の多平に近づいた下っ引きが何事か耳打ちすると、金三郎ともども、おりんへと眼を向けた。

「入るがよい」

金三郎から声を掛けられたおりんは、板張りに入ると、多平と並んで座った。

すると、おせきと並んで座らされていた娘が、おりんを見て目を丸くした。

「この二人は、『市子』を生業《なりわい》にしている母親のおせきと、娘のお糸《いと》だが、おりんはよく知ってるよな」

「はい」

金三郎の問いかけに、おりんは、母娘に眼を向けたまま返答した。

「あ！」

おせきが、おりんを見て声を上げ、

「お前は、あの家の女中――」

と、声を掠れさせた。

「絵師の太郎兵衛の姪で、堀留の目明かし、りんというんだよ」

そういうと、さらにおりんは、三日前、太郎兵衛を罵って神田佐久間町の家を飛び出した『大日天女』と『三昧耶』が、湯島の天神社地門前町の長屋に入り、着替えを済ませてから下谷坂本村の百姓家に行った動きを追っていたのだということも打ち明けた。

「鎌倉横町の茶問屋の迷い猫の行方探しを頼まれたお前は、何度か通ううちに知り得た『松風庵』の間取りを、髭の熊吉に教えたのであろうが」

「ですからあたしはそんな男はしらないって」

おせきは、金三郎の詰問にしらを切ったが、

「なんなら、昨夜捕らえた盗賊の頭、髭の熊吉のいる牢《ろう》屋敷に会いに行くか」

金三郎から畳みかけられると、おせきは口を開けて息を呑《の》み、やがて、大きく息を吐いて両肩を落とした。

「お前は、熊吉の情婦《いろ》か」

突然、金三郎が話を替えた。

「まさか」

そう呟いて小さく笑ったおせきは、

「死んだ亭主の実の兄さんですよ。この子がまだ二つか三つって時分だったから、盗

人だと知りながら、頼ったんですよ」

そういうと、はぁと、細くため息をついた。

「とはいえ、お前たち母娘が『市子』として入り込んだ家の間取りを当てにして、熊吉は盗みを続けたのだ。お前たち二人には、盗人に便宜《べんぎ》を図ったという罪があるぜ」

金三郎が、抑揚のない声を出した。

「死罪ですか」

おせきが、喉に詰まらせたような声で問いかけた。

「それは、お前次第だな」

金三郎は、含みのある物言いをした。


堀江六軒町の自身番から、無理心中のあった薬種問屋『康楽堂』までは、歩いてもすぐの近さである。

金三郎は、おせきとお糸に惨状のあった場所を見せるため、おりんと多平、それに下っ引きを伴って、閉め切られていた『康楽堂』の内部へと入った。

帳場の奥の廊下、庭、そして土蔵の中と、死体のあった場所を巡りながら、『市子』に有り金すべてを巻き上げられて死を選んだ薬屋一家の惨劇を、金三郎は語り聞かせた。

「それは、あたしたちじゃありません」

庭の見える縁で立ちすくんだおせきが、体を震わせて叫んだ。

「あぁ。それは分かってる。お前の知り合いに、顔の左に火傷の痕のある、五十絡みの『市子』がいねぇかね」

金三郎は、『康楽堂』に高額なお札や仏像を売りつけて姿を消した『市子』の人相を口にすると、

「その『市子』の所行は、おれもここにいる目明かし二人も許せねぇ気持ちでいっぱいなんだよ。その女のことを教えてくれたら、今までの罪を悔いたと考えてやってもいいんだがね」

と、もちかけた。

だが、おせきはぶるぶると首を横に振り、

「なにも、『市子』の寄合《よりあい》があるわけじゃありませんから、仲良くなることなんかないんですよ。商売仇《がたき》ですから」

そう断言した。

「そんな女の人のこと、だいぶ前、熊吉おじちゃんが口にしたのを覚えてる」

そう口を開いたのは、お糸だった。

「顔かどこだかは忘れたけど、火傷の痕のあるお杵《きね》っていう年増女は、情け容赦なく

金をむしり取るそうだと言ってたのを、あたし、聞いたことある」

「よく覚えていたね」

おりんがお糸を褒《ほ》めるとすぐ、

「名を覚えていたのは上出来だ。それに免じて、なんとか江戸払いの罪で済ませてやるよ」

そう請け合った金三郎が、口の端をゆがめて笑みを浮かべた。

その途端、おせきはがくりと縁に座り込んだ。

「お糸、熊吉おじさんも捕まって、これでやっと『市子』をやめられるよ」

呟くように言うと、両手で口を覆い、

「人を騙《だま》すのは、正直いって、やめたかったんですよ。お糸に、嘘の片棒を担がせるのは、悪いね悪いねと胸の内で詫《わ》びながらも、とうとう今まで。でも、江戸を離れれば、他のことで暮らしを立てる手立てを見つけられるし、いい折かもしれません」

おせきは、声を殺して泣き出した。


昼下がりの『駕籠清』は長閑《のどか》だった。

遅い昼餉を摂《と》ったあと、おりんは藤棚の下に腰掛けて、嘉平治と湯呑に注いだ井戸水を飲んでいる。

『康楽堂』を後にすると、おりんと多平は、金三郎に命じられて、おせきと娘のお糸を小伝馬町《こでんまちょう》の牢屋敷に連れて行ったのだ。

母娘は、正式な処罰が決まるまで牢屋敷に留め置かれるのだが、金三郎が口にした通り、軽い追放になる公算が高い。

「あ、ここでしたか」

声を掛けながら庭に入り込んできたのは、同心の仙場辰之助だった。

「これは仙場様」

腰を上げた嘉平治に倣い、おりんも立って会釈をした。

「なにか御用の筋なら、遠慮しますが」

「いやいや、お気遣いなく」

辰之助は手を横に振って嘉平治を押しとどめると、

「例の、行方をくらませていた『康楽堂』の倅の圭太郎が、現れたという知らせだよ」

おりんにそう告げた。

辰之助によれば、『康楽堂』が閉まっているのを知って、元番頭の庄兵衛を訪ねたという。

そこで惨劇の顚末《てんまつ》を聞いた圭太郎は、二日ほど逗留《とうりゅう》したのち、親きょうだいの菩提《ぼだい》を弔うために、出家の道を選んだようだと明かして、辰之助は帰って行った。

縁台に腰を下ろしたおりんと嘉平治に声はなく、ただ、吐息を洩らした。

「それにしても、『康楽堂』を食い物にした『市子』に辿《たど》り着けなかったのは悔しいよ」

そういうと、おりんは自分の膝をぴしゃりと叩いた。

「だが、その『市子』の名が分かっただけでもいいじゃねぇか」

嘉平治から慰めの言葉が返ってきた。

先日、『大日天女』と呼ばれていたお糸が、顔に火傷の痕のある『市子』は『杵』という名だということを、同心の磯部金三郎らの前で明かしていた。

「名さえ分かれば、それが糸口になって、そのうち必ずお役人に手繰《たぐ》り寄せられるはずだ。いや、そうならなきゃ、お上の御用を務める者のやり甲斐があるめぇ」

「うん」

おりんは、嘉平治の思いが痛いほど分かった。

「悪事を働いた者は、あたしがその報いを受けさせてやるよ。そうでなきゃ、むざむざ死んでいった人たちが、可哀相《かわいそう》じゃないか」

低く鋭い声で吐くように口にすると、縁台から腰を上げた。

おりんの瞼《まぶた》には、『康楽堂』で見た家族の骸《むくろ》が鮮やかに蘇っていた。

チリンチリン――どこからか、お鈴《りん》の音がした。

すると、御詠歌《ごえいか》を低く唱えながらお鈴を鳴らす数人の女の巡礼が、庭の表をゆっくりと通り過ぎて行く。

巡礼の御詠歌もはかなげなお鈴の音も、ほどなく町の物音に紛れて、やがて消えた。

「あ。そうだ」

おりんは、先刻、牢屋敷から帰る間際のことを思い出して声を上げた。

母娘と別れて歩き出した時、

「おりんさん」

と、お糸から呼び止められたのだ。

「ほう。なんだったんだい」

嘉平治が、口に運びかけた湯呑を止めた。

「それがね、太郎兵衛叔父さんのことなんだよ。近々、大事なものを盗まれるような気がするから、気を付けるように伝えてと言われたの」

「あの家に、盗まれるような大事なものがあったか」

「あたしもずっと考えてるんだけど」

おりんは、思案を巡らしたが、これというものは思い浮かばなかった。

雲に覆われた堀留一帯に、遠雷が鳴っていた。

『駕籠清』の二階にある自分の部屋で、おりんは鉤縄の細紐に薄く油を引いていた。時々手入れをしないと、麻紐は毛羽立って掌《てのひら》を刺すのだ。

仙場辰之助が訪ねて来て、『康楽堂』の惣領、圭太郎が仏門に入ると告げてから、二日が経った午後である。

「おりん、お客さんだよ」

階下から、お粂の声がした。

おりんは、鉤縄をそのままにして部屋を飛び出し、階段を下りて帳場近くに立った。

「いま聞いたら、こちらは、太郎兵衛に家を貸してくださってる扇屋《おうぎや》の若旦那というじゃないか」

帳場に着いているお粂は、土間に立った正吉を前に目尻を下げている。

「なにごとだい」

奥から、嘉平治まで現れた。

「あたしの、お父っつぁんです」

おりんが嘉平治を指すと、

「ということは、太郎兵衛さんの義兄上《あにうえ》様の」

正吉はそういうと、

「お身内お揃いなら丁度よかった。太郎兵衛さんが、こちらにお出でかどうか、訪ねて参りました」

「太郎兵衛は、ここしばらく、顔を出してませんがね」

と、腰を折った。

そういうと、お粂は訝るような顔をした。

「実は、太郎兵衛さんがこの一両日、佐久間町の家を空けておいでてして。いや、お空けになるのはいいのですが、ちょっと心配で」

「心配というと」

おりんが尋ねると、

「一昨日、お三和という女弟子を、信三という三味線の弟子に奪われたと知って、ひどく落ち込んでおいでてしたので」

正吉の話に、おりんはなぜか得心が行った。

太郎兵衛が向ける眼には恋情が溢れていたが、お三和の方は、ただ愛想よさを振りまいていただけだと、おりんには見受けられたのだ。

「太郎兵衛さんは、かなり堪《こた》えていると思いますので、こちらにいらしたら、優しくしてあげてくださいますよう」

正吉が頭を下げると、

「昔っから、太郎兵衛には優しくし過ぎて、あんな腑抜けにさせてしまったんだ。これ以上優しくなんか出来ますか」

お条は吠《ほ》えた。

すると、正吉は怯《おび》えたように、挨拶もそこそこに表へと飛び出して行った。

「お糸ちゃんが言っていたのは、このことだったんだろうか。叔父さんは、大事なものを盗まれるって」

おりんは、ぽつりと口にした。

「もし、そうだとすると、その子は、遠くのことまで見通せる天眼通《てんげんつう》かも知れねぇよ」

嘉平治がにやりと笑った。

遠雷が、さっきよりも大分近いところで聞こえ出した。

第三話　やっかいな客

一

昼下がりの『駕籠清《かごせい》』の庭は賑《にぎ》わっていた。

二人一組になった駕籠舁《か》き人足たちが諸肌《もろはだ》を脱いで、客が座る座布団の掃除と四丁の駕籠に不具合がないかと動き回っている。

しかも、いつもは眺めているだけの人足頭の寅午《とらうま》まで、若い磯平《いそへい》や亀助《かめすけ》に不具合の見つけ方を指南している。

「いつも昼間は出払ってるのに、珍しいね」

「今夜は二十六夜待《にじゅうろくやま》ちだからさ」

おりんが、たった今庭に来たばかりのお紋《もん》にそう返答すると、

「なぁるほど」

得心して大きく頷《うなず》いたお紋は、藤棚《ふじだな》の下の縁台に腰を掛けた。

『駕籠清』からほど近い瓢箪新道《ひょうたんじんみち》の『薩摩屋《さつまや》』という煙草屋《たばこや》に生まれたお紋とは、古くからの幼馴染《おさななじ》みである。

おりんはお紋と並んで腰を掛けると、駕籠舁き人足たちのきびきびした動きに眼《め》を遣《や》った。

七月二十六日のこの日は、月の出を待って拝む〈二十六夜待ち〉といわれる習わしがあるのだ。

月の出を待って、夜空に、阿弥陀三尊《あみださんぞん》と言われる阿弥陀如来《にょらい》と観世音《かんぜおん》と勢至《せいし》の二菩《ぼ》薩《さつ》を見ることが出来れば、縁起がいいとされている。

おりんはこれまで三度ばかり、お紋と連れ立って、〈二十六夜待ち〉に出かけたことがある。

だが、三度とも、三尊の姿を眼にすることは出来なかったから、二年前から二十六夜は待たないことに決めていた。

にもかかわらず、世の多くの人々は、三尊のその姿を見ようと、芝高輪《しばたかなわ》、湯島《ゆしま》、神《かん》田《だ》の高台に押しかけ、その近隣の料理屋は夜更けまで賑わうので、駕籠屋は書き入れ時ではあった。

「帰ったよ」

通りから庭に入ってきた嘉平治《かへいじ》が、声を張り上げた。

「お帰り」「お邪魔してます」

おりんとお紋の声に笑みを向けた嘉平治に、「お帰りなさい」と駕籠舁き人足たちからも声が掛かった。すると、すぐ、

「親方、駕籠定《さだ》にはお寄りになったんで」

人足頭の寅午が、駕籠作りと修繕を請け負っている駕籠屋の名を口にした。

「それがな、昨日持ち込んだ一丁は、明日にならないと修繕は済まないそうだ。今日明日の駕籠はなんとかなるかい」

嘉平治の返答を聞いた寅午は、小さく「ん」と唸《うな》ったが、

「なんとか、やりくりしやしょう」

すっぱりと、そう言い切った。

そこへ、前棒《さきぼう》を肩にした円蔵《えんぞう》と後棒の完太が、掛け声を掛けながら庭に入って来て、

「帰りましたぁ」

そういうと、担いでいた駕籠を地面に下ろした。

「こちらは」

嘉平治が、駕籠に乗っている老婆を見て、呟《つぶや》いた。

「途中で拾いまして」

円蔵の声に、おりんやお紋はじめ、庭の駕籠舁き人足たちまで、運び込まれた駕籠に眼を向けた。

天井から下がっている縄を摑《つか》んでいる六十代半ばと思《おぼ》しき老婆は、駕籠の中を覗《のぞ》き込んでいるおりんたち一人一人に、柔和な笑みを浮かべて会釈をしている。

「箱崎《はこざき》からの帰り、小網富士《こあみふじ》の近くで、日本橋川《にほんばしがわ》に足を踏み外しそうになったのを、完太が咄嗟《とっさ》に帯をひっ摑んで助けたんですよ」

円蔵がそういうと、完太は頷いた。

「そしたらこの婆《ばあ》さん、なんて言ったと思います」

円蔵は、嘉平治をはじめ、庭のみんなを見回した。

「いいから、早く言え」

寅午にせかされた円蔵は、

「にこりと笑って、いいお日和《ひより》でって。な」

そう口にして、完太に声を掛けた。

「いうとすぐ、また川っ縁《ぷち》をふらふらと行くんですよ」

完太は神妙な顔で頷いた。

「危なっかしいからすぐ捕まえて、どこへ行くのか聞きました。そしたら、婆さん、少し考えた末に、にこっと笑って首を捻《ひね》りました。どうやら、てめぇがどこへ行くのかも、自分の名も、住んでるところも頭の中からすっぽりと抜け落ちてるとしか思えねぇ」

そのまま放《ほう》っておけないから『駕籠清』に運んできたのだと、円蔵は嘉平治に告げた。

「話は聞こえたよ」

お粂《くめ》が、そういいながら帳場の土間から庭に顔を出し、

「そんなとこじゃなんだ。おりん、その人、中に連れておいでよ」

そう指図してすぐ、顔を引っ込めた。

「あたしが引っ張り出す」

おりんが駕籠の脇《わき》に腰をかがめて、老婆の両足を地面の方に回すと、完太は、自分の懐《ふところ》に差し込んでいた女物の草履《ぞうり》を地面に揃《そろ》えた。

その草履に足を合わせさせると、両脇に回ったおりんと嘉平治が老婆を立たせた。

「どなた様か知りませんが、お世話をかけましたね」

軽く頭を下げると、老婆は通りの方へと足を向けた。

「こっちこっち」

おりんが、老婆の腕を摑んだ。

「お取込みのようだから、わたしはこれで」

お紋がそういうと、おりんは、

「うん。またね」

手を振って庭を出て行くのを見送った。

老婆の腕を摑んだおりんと嘉平治が土間に足を踏み入れると、お粂は帳場に着いており、上がり框《がまち》に腰掛けた寅午は、煙草入れから煙管《きせる》を取り出したところであった。

「お婆さん、草履を脱いでお上がりなさいよ」

おりんがいったことは分かったらしく、老婆は草履を脱ぐと、お粂のいる帳場格子《ごうし》の傍《そば》で膝《ひざ》を揃えた。

「着てるものは、値の張るものじゃないが、洗濯もされて小ぎれいだよ」

素早く値踏みしたお粂が、ぽつりと口にした。

「歳《とし》の頃《ころ》は、六十代半ばってとこですかね」

寅午の声に、

「うん。おっ義母《か》さんとおんなじくらいだね」

そういって、嘉平治は小さく頷いた。

「自分の名も分からないんだって？」

「円蔵はそういってましたがね」

寅午はお粂に返答しながら、煙草の葉を煙管に詰め始める。

「お婆さん、自分の名は、言える?」

ものは試しと、おりんは問いかけた。

「名というと」

「ほら、自分の名ですよ。お菊《きく》とかお梅《うめ》とか、百合《ゆり》とか桃《もも》とか」

「ちょいとおりん、どうして花の名ばかり聞くんだい。若い娘じゃあるまいし、松《まつ》とか杉《すぎ》の方がお似合いだよ」

お条が口を尖《とが》らせて口を挟んだ。

「番頭さん、年取って、肌が日に焼けたなら松でも杉でもお似合いでしょうが、人の名ってもんは、生まれたてのお七夜までに付けるもんですぜ。桃のような肌をした赤子に付ける名には、花みてぇに生きてほしいっていうような、親の願いってもんが籠《こも》るもんです」

「そいじゃ頭、わたしの粂って名には、どんな思いが籠ってるんだい」

「さぁ。それは、あっしには分かりません」

寅午はそういうと、煙管の煙草に火を点《つ》けた。

「死んだ祖父《じい》様は、おっ義母さんにお条と名付けたわけは何も?」

嘉平治が尋ねると、

「何も聞かされちゃいなかったねぇ」

帳場を立ったお粂が板張りに来て膝を揃えると、大きなため息をついた。

「寅午さんの名の由来はなんなのさ」

おりんが問いかけると、

「多分、行き当たりばったりで付けられた名です。うちの祖母《ばあ》ちゃんから聞いた話じゃ、寅の年の三月、真昼間の午の刻に産声を上げたというので、酒に酔った親父がそう名付けたそうですから」

淡々と打ち明ける寅午の口から、名の由来と煙草の煙が吐き出された。

「お祖母ちゃんの粂は、久米《くめ》の仙人の久米から貰《もら》ったってことはないの？」

「そりゃ、ねぇな。久米の仙人は男だ」

嘉平治はそう返事をして微笑《ほほえ》んだ。

「そりゃ、親方のいう通りですよ。話によれば、山に籠って修行を積んだ偉い坊さんが、ついに仙人になって、久米寺っていう寺を作ったことから久米の仙人といわれるようになったそうですよ」

嘉平治の後に続いて話す寅午の声は穏やかだった。

『駕籠清』の常連の中には、駕籠の舁き手として寅午を名指しする文人墨客《ぶんじんぼっかく》が何人もいる。従って、寅午の頭の中には、そういう客から得た智識《ちしき》が溜《た》まっているに違いないと、何年も前に叔父の太郎兵衛《たろべえ》がいっていたのをおりんは覚えている。

「久米の仙人になったその坊さんは空も飛べるようになって、ある日、大和国《やまとのくに》の吉野《よしの》から葛城山《かつらぎさん》へ飛んでいる途中、吉野川で衣を洗っている若い女の脚に見とれてしまい、通力を失って木立の中に落ちたという話もあるにはありますがね」

「頭っ、その仙人とわたしが似てるとでもいうのかい」

大声を上げたお粂が、膝を立てた途端、

「はははは」

いつの間にか帳場の机に着いていた老婆が笑い声を上げ、手にした算盤《そろばん》をガシャガシャと楽しげに打ち振った。

「ちょっとあんた、そこには駕籠の代金や大事な帳面が！」

いうや否や立ち上ると、お粂は老婆の背後から両脇に腕を差し込んで抱き上げ、番頭の席から追い出した。

「お婆さん、これはなんだい」

老婆がお粂の眼の前で算盤を鳴らす。

「わたしがどうしてあんたに婆さん呼ばわりされなきゃならないんだい」

お粂が目くじらを立てると、

「皺《しわ》がある」

老婆はにこりと笑い、お粂の顔を指さした。

「悪かったね」

声を絞り出すと、お粂は、老婆の手から捥《も》ぐようにして算盤を取り上げた。

「あなたは、誰《だれ》だい」

老婆から突然尋ねられたお粂は、一瞬戸惑った様子を見せたが、

「粂ですよ」

口先を尖らせて、不承不承、答えた。

「わたしとおんなじ名だ」

「なんだって」

お粂は、背筋を伸ばして両肩を張った。

「多分、そう」

老婆は小首をかしげた。

「うちじゃ紛らわしいから、あんたは別の名におしよ」

「たみにします」

老婆はなんの躊躇《ちゆうちよ》もなく、すらりと口にした。

「どうして」

お粂が問うと、

「たみだからですよ」

そういうと、老婆はけらけらと笑い声を上げ、

「わたしはたみという者です。ひとつ、よろしく」

板張りに両手を突いて、おりんや嘉平治、寅午にまで頭を下げた。

「ま。とりあえず、おたみさんということにするしかないね」

嘉平治の声におりんは黙って頷いたが、お粂は「はぁ」と、わざとらしくため息を吐き出した。

堀留《ほりどめ》の自身番は、堀留一丁目と二丁目を分ける通りの東の角にあった。

三畳の畳の間に上がり込んだおりんは、詰めていた町役人《ちょうやくにん》の市右衛門《いちえもん》におたみを引き合わせると、『駕籠清』で預かることになった経緯《いきさつ》を述べたばかりである。

「しかし、手掛かりになるような詳しいことは分からないかねぇ、おりんちゃん」

杉森稲荷《すぎのもりいなり》の近くで菓子屋を営む市右衛門は、幼い時分から知っているおりんには身内のような物言いをし、

「尋ね人の立札を立てるにも、住まいや本当の名は記しておかないとね。お奉行所に届け出て、諸方に知らせていただくにも、もう少し詳しいことが分からないと埒《らち》が明かないと思うんだよ」

「そうだよねぇ」

おりんはそう呟くと、横に座ってにこにこと部屋を見回しているおたみに眼を向けた。

「おたみさん、お前さん、どっちから来たんだい」

市右衛門はいきなり、同じ年恰好のおたみに親しげな口を利いた。

すると、一瞬思案したおたみは、

「あっちとかこっちとか」

東や西を交互に指さした。

「どこへ行くつもりだったんだい」

「森下富士《もりしたふじ》」

市右衛門の問いかけに、おたみは明確に返事をした。

「うちの円蔵さんと完太がこの人を乗せてきたのは、小網富士の近くだって言ってたけど」

おりんがそういうと、

「おぉ、完太が」

市右衛門は、堀留二丁目の『信兵衛店《しんべえだな》』に住むおりんの幼馴染みの名を口にして相好を崩した。

「あたしは、森下富士に行くんですよ」

おたみが口を挟んだ。

「小網富士のことでしょ？」

おりんが問いかけると、

「森下富士は森下富士。川の傍の」

おたみは譲ろうとしない。

「おたみさん、川っていうのは、小網町の日本橋川のことでしょう」

「おりんちゃん、ちょっとお待ち。深川《ふかがわ》森下の富士塚の近くには、六間堀川《ろっけんぼりがわ》や小名木《おなぎ》川《がわ》が、あることはあるよ」

胸の前で腕を組んで思案していた市右衛門が、独り合点して頷いた。

「それじゃ、おたみさん、深川からこっちに歩いて来たの？」

おりんは顔を覗き込んだが、おたみはただ、首を捻るだけである。

「うちの近所に、今の話か昔の話かも分からず、場所もおぼろげになってしまった爺《じい》さんがいたよ。こっちが何を聞いても、返って来る言葉はかみ合わないし、いつもちぐはぐだった」

市右衛門がしみじみと口にすると、

「ほんとにねぇ」

おたみは笑みを浮かべて、誰にともなく小さく頷いた。

二

森下富士と呼ばれる富士塚のある、別当泉養寺《せんようじ》界隈《かいわい》は、赤みを帯びた西日を浴びている。

おたみの住まいは森下富士の近くにあると睨《にら》んで、おりんは深川森下町へと足を延ばしたのである。

堀留二丁目の自身番から『駕籠清』に戻ったおりんが、深川に行くというと、お粂は途端に渋い顔をして、

「おたみさんを連れて行ったらどうだい」

と持ち掛けて来た。

「おたみさんを連れて歩き回ったら、すぐに日が暮れてしまうよ」

おりんが言い返すと、

「いっそ、自身番に置いてもらったらいいじゃないか」

とまでお粂は口にし、

「こんなわけの分からない婆さんの世話なんかできやしないよ」だの「女もこうなっちゃ終《しま》いだよ」と言い放った。

「おっ義母さん、そりゃあんまりな言い草ですよ」

その場にいた嘉平治に窘《たしな》められた。

「おっ義母さんは常日頃、駕籠屋の商いが嬉《うれ》しいのは、人の役に立つことだと言ってるじゃありませんか。近頃は、若い者が駕籠に乗りたがるが、冗談じゃない。駕籠は年を取った人のためにあると言っているおっ義母さんが、おたみさんを悪《あ》しざまに言うのは如何《いかが》なもんでしょうね」

嘉平治にそうまで言われたお粂は、おたみを預かることを、しぶしぶ承知したのだった。

深川森下町に着いたおりんは、森下富士近くの、深川元町《もとまち》、深川六間堀町《ろっけんぼりちょう》、深川南六間堀町、深川八名川町《やながわちょう》に及ぶ一帯の自身番を廻《まわ》って、『たみ』という老婆について尋ねたのだが、心当たりのあるという人はどこにもいなかった。

やはり、おたみという仮の名ではなく、確かな名と住まいが分からなければ、縁者を捜す拠り所《よどころ》は得られない。

なにか手立てはないか——おりんは、そう思案しながら歩を進めている。

永代橋《えいたいばし》を渡って、小網富士のある日本橋川の鎧河岸《よろいがし》へ出るつもりだった。

女郎を抱える妓楼《ぎろう》が軒を並べている常盤町《ときわちょう》の通りを過ぎ、小名木川に架かる高橋《たかばし》に差し掛かった時、何かを叩《たた》くパチンという音と、乱れた足音がした。

河岸の暗がりで、女の頬《ほお》を叩き続ける男の影が眼に入った。

「出しゃばりだとは思いましたが、止め立てに来ましたよ」

足早に近づいて、おりんは穏やかに声を掛けた。

町人髷《まげ》の若い男は、振り上げていた手を下ろし、女は、はだけていた胸元を緩慢な動きで掻《か》き合わせた。

「商売をおろそかにしやがるから、励ましてやってたんだよぉ」

二十代半ばと思しき男は、薄笑いを浮かべておりんに体を向けた。

「へぇ。面白い励まし方があるもんだねぇ」

「うるせぇな」

男は眉間《みけん》に皺を寄せたが、おりんは構わず、

「姐《ねえ》さん、逃げるなら今の内だよ」

女を急《せ》き立てた。

女は我に返ったように、垂れた扱《しご》きを帯に差し込むと、地面に着いた裾《すそ》を急ぎ両手でからげ、裸足《はだし》で駆け出した。

「余計なことをしてくれたね」

男は鼻で笑った男は、おりんへと腕を伸ばす。

その腕が襟元近くに伸びた時、体を躱《かわ》すのと同時に、おりんは男の手首を拳《こぶし》で打ち

払った。

「てめぇ」

カッと目を見開いた男は、いきなり懐に手を突っ込むと匕首《あいくち》を引き抜いた。

一歩下がったおりんは、懐に忍ばせていた十手を掴むや否や、間髪を容《い》れず相手の手首に叩きつけた。

「ゲッ」

か細い声を上げた男の手から匕首が飛んで、地面に転がった。

おりんはすぐに袂《たもと》から鉤縄《かぎなわ》を取り出すと、相手の帯に鉤を引っかけて、細紐《ほそひも》を握ったまま男の周りを急ぎ二回りした。

「何をしやがる」

両腕をおりんの細紐に巻かれて動きの取れなくなった男は、なんとか外そうと暴れるが、簡単に外れるほどやわではない。

「橋の袂の自身番に行くから、お前さんが前をお行き」

おりんは男に命じて先に行かせた。

たとえ腕の動きを利かなくしても、目明かしが先に立つのは禁物である。

後ろから体ごとぶつかって来られると、防ぎようがないのだ。

おりんはさらに、通りがかりの者たちに御用の筋だと分からせるよう、敢《あ》えて、腹の前に十手を差した。

橋の袂へ戻って左に曲がった少し先を目指すと、通りがかりの者たちが細紐を巻かれた男とおりんを物珍しそうに眺めて行く。

「御免蒙《こうむ》ります」

自身番の玉砂利の敷かれたところに立つと、おりんは障子《しょうじ》に声を掛けた。

畳の部屋の障子を開けて顔を出した男が、

「耕太郎《こうたろう》さん――！」

呟き声を洩らして、おろおろと外に出てきた。その男の帯に差してある十手が眼に留まった。

「天下の往来で、女一人に乱暴を働いておりましたので、御用を務める者として止めに入りましたが、刃物を抜いて向かってきましたので、絡め取った次第です」

おりんが事情を口にすると、

「それは、どうも」

十手持ちは、戸惑ったような物言いをした。

「土地のことですから、あとはあなた様にお預けしますが、名をお聞かせ願います」

「深川南六間堀町の、常次《つねじ》」

「あたしは、日本橋堀留の、りんと申します」

名乗るとすぐ、おりんは、耕太郎と呼ばれた男の体を巻いていた細縄を外した。

耕太郎は着物の上から左腕をさすると、

「おめぇ、ただじゃおかねぇよ」

細紐を巻き取るおりんに、低い声で凄《すご》んだ。


五つ（八時頃）まで間がある時分だというのに、居酒屋『あかね屋』は静かだった。

先刻まで飲み食いをしていた客の多くは、潮が引くように出て行って、今は、印半纏《しるしばんてん》を着た職人らしい二人連れと、半白髪の老爺《ろうや》が一人残っている。

家に帰った者もいただろうが、大方の客は、仲間と連れ立って二十六夜の月を眺めにいずこかへ向かったと思われる。

「あぁ、雲が流れてるから、月は出たり隠れたりしているよ」

そんな声を張り上げたのは、開けた腰高障子《こしだかしょうじ》から顔を突き出して夜空を見ていた女将《おかみ》のお栄《えい》である。

「ま、雨が降る心配はないだろうけどね」

戸を閉めたお栄は、土間に草履を脱いで板張りに上がった。

差し向かいで飲み食いをしていたおりんと喜八《きはち》の周りに残されていた、空いた器や徳利《とっくり》などを、お栄は片っ端からお盆に重ねる。

「すまねぇが、酒を一本たのま」

おりんたちから少し離れたところで独酌《どくしゃく》していた老爺が、ぽつりと声をかけると、

「少しお待ちを」

返事をしたお栄は、皿や小鉢などを載せたお盆を抱えて、板場へと入って行った。

「喜八さん、お酒は」

おりんが箸《はし》を止めて尋ねると、徳利を摘まんで振った喜八はおりんの盃《さかずき》に注《つ》ごうとした。

「あたしのことはいいから」

おりんが、手にしていた箸を横に振ると、

「それじゃ、遠慮なく」

喜八は、自分の盃に酒を注いだ。

深川の岡《おか》場所で耕太郎という男を自身番に突き出したおりんが、堀留に戻ってきたのは夕闇《ゆうやみ》の迫る時分だった。

『駕籠清』に駕籠は一丁もなく、人足たちも出払っていた。

嘉平治をはじめ、お粂やおたみたちはとっくに夕餉《ゆうげ》を摂り終えていたが、

「あたしは喜八さんに用があるから、外で食べることにする」

そういって、高砂町《たかさごちょう》の長屋から喜八を連れ出して『あかね屋』の暖簾《のれん》を潜《くぐ》ったので

ある。

喜八に用があるというのは、おたみに関《かか》わることだった。

名も住まいも確かではないが、着物の柄や顔かたち、森下富士を目指していたことなどを書いて刷り、それを深川森下町界隈に貼《は》り出せば、心当たりのある人が現れるのではないかと考えた。

読売や江戸の名所図会などを売り歩いている喜八なら、版元に口を利いてくれたり、配布したりするのを頼めるのではないかと踏んだのだ。

そのことを、『あかね屋』に入ってすぐに持ちかけると、

「版元が承知してくれたら、仲間に頼んで、深川一帯に貼り出させるよ」

喜八は案の定、おりんの頼みを請け合ってくれた。

板場から出てきたお栄が、

「遅くなってすみませんね」

入れ込みに上がると、運んできた徳利を半白髪の老爺の前に置き、ついでに空いた器をお盆に載せた。

「お栄さん、あたしの器も空いてるよ」

おりんが声を掛けると、通り掛かったお栄は板張りに膝を揃え、空いた器をお盆の上に重ねた。

「『駕籠清』にいるっていうそのお婆さん、本当に深川から来たかどうか、はっきりしないんでしょう？」

お栄は、店を動き回りながらも、おりんと喜八が話す内容を聞き取っていたようだ。

「ですがね、いまのところ、手掛かりは深川にしかありませんからねぇ」

首をかしげながらそういうと、喜八は盃を口に運ぶ。

「それで、お粂さんは、そのお婆さんの面倒を見ておいでなのかい」

「面倒を見るというか、こう、話がかみ合わなくて、お祖母ちゃん苛々《いらいら》してるのよ。何かというとぶつぶつ愚痴を零《こぼ》してる」

そう言い放つと、おりんは煮蛸《にだこ》を口に放り込んだ。

先刻、『駕籠清』を出る間際にも、

「おたみって婆さんは、あんな華奢《きゃしゃ》な体をして、ご飯のお代わりを三膳《ぜん》だよ。呆《あき》れるじゃないか」

口を尖らせたお粂の話は、夕餉時のことにも及んだ。

おたみと並んで夕餉を摂っていた時、自分の膳のものを食べ終えると、挨拶《あいさつ》ひとつなくお粂の膳に箸を伸ばして、平然と口に入れるのだと言って、口を尖らせていたことを、おりんは笑って打ち明けた。

「同じ年恰好だし、お粂さんにすれば、いい喧嘩《けんか》相手が出来てよかったんじゃないのかね」

お栄は笑みを見せた。

「まともな喧嘩相手ならいいのだろうけど、どう見てもお祖母ちゃんのひとり相撲《ずもう》だもの。たしなめても文句を言ってもおたみさんは一向に堪《こた》えないし、にこにこ笑ってるだけだしね」

おりんが声をひそめてそういうと、

「なるほど。それじゃぁ、お粂さんの苛立ちは募る一方だ」

お栄は、うんうんと小さく頷く。

「そういえば、夕方『駕籠清』に立ち寄った時に見たが、お粂さんの顔は、疲れ果てていたよ」

喜八は胸の前で両腕を組むと、低く唸った。

「おれぁいっとき、江戸を離れたんだよ。うん」

突然、しわがれたような声がした。

声のした方に眼を向けると、背を丸めた半白髪の老爺が湯呑《ゆのみ》を口に運んでいる姿が映った。

「ほっといていいのよ。あの人、飲むと独り言をいうんだから」

笑みを浮かべたお栄は小声でそういうと、空き器の載ったお盆を持って板場へと入って行った。

「何年かして戻ってきたら、驚くじゃねぇか。女房が、家からいなくなっててよぉ。すっからかんってやつだ。残ってたのぁ、粗研ぎの砥石《といし》と仕上げの砥石だけさ。ふん。おれが使うもんだけは、残して行きやがった。ははは」

くぐもった笑い声を上げた老爺の口の端から、酒が少し滴《したた》り落ちた。

板場から現れたお栄は、土間に両足を置いたまま框に腰を掛けて、

「これも、飲んでいいよ」

持ってきた二合徳利と湯呑をおりんと喜八の傍に置いた。

「どうぞ」

二合徳利を摑んだ喜八が、お栄に酒を勧めた。

「最初だけ」

お栄はそういうと、湯呑を手にして、喜八の酌を受けた。

「あのお人は銑三《せんぞう》さんっていって、研ぎ師だったらしいよ」

老爺の方に眼を向けたお栄は、

「半月くらい前から、二日おきぐらいにやってきて、飲んでいい気になると、ぶつぶつと独り言をはじめるんだよ」

湯呑に口を近づけて、一口飲んだ。

鼠色《ねずみ》に黒の万筋《まんすじ》柄の着物に、色あせた紺の羽織を着ている銑三の歳は、どう見ても六十を二つ三つは超えているだろう。いや、もしかすると、七十に近いのかもしれない。

「刃物を研がせたら江戸で一、二を争う腕だったそうで、髭切《ひげきり》銑三っていう二つ名があったらしい」

お栄は、淡々と口にした。

研いだ剃刀《かみそり》は、肌に近づけただけですっと髭が落ちるくらいの切れ味だったのだと、酔った銑三の口から聞いたという。

「うちで飲むたびに同じ話をするから、途中までは覚えてしまったよ。だけど、酔うと、途中で話が入り混じって、わけが分からなくなることもあってさ。ほら、今、ぶつぶつ言っててるのは、別れた女房の思い出話だよ。向島《むこうじま》の須崎《すさき》村で所帯を持ったとき、銑三さんは二十五で、女房のおけいさんは、二十一だったそうだ」

お栄は、銑三の方に顔を向けて、湯呑の酒を口に含んだ。

「江戸中を捜したよ」

銑三はまるで、板張りに置いた湯呑に話しかけでもするように、背を丸めている。

「けどよ、この年になるまでおけい、おめぇの行方《ゆくえ》が分からねぇ。困ったもんだぜ」

声を張ることもなく呟くと、銑三は板張りに置いた湯呑を片手で持ち、ゆっくりと口に運ぶと、残りの酒を一口で飲み干した。

湯呑を置いた銑三が、徳利を摑んで軽く振り、

「女将さん、酒がもう、空だよ」

顔を動かしもせず、板張りに眼を落したまま呟きを洩《も》らした。

「銑三さん、今夜はそれくらいにしましょうよ」

お栄がまるで謡《うた》うような物言いをすると、銑三は大きく息を吸い、首をガクリと折るようにして、頷いた。

三

『駕籠清』奥の、家族がくつろぐ居間は光に満ちている。

長火鉢の置かれた壁際の、神棚近くの明かり取りから、まともに朝日が射《さ》し込んでいた。

長火鉢の近くに置いた箱膳を前にして、おりんは一人で朝餉を摂っている。

おりんが手札を頂いている八丁堀《はっちょうぼり》の同心、磯部金三郎《いそべきんざぶろう》の役宅に朝の挨拶に出かけた日は、帰ってからの朝餉になるので、そんなときは大概、一人で箱膳に着く。

今朝、磯部家を訪れたおりんは、町中を徘徊《はいかい》していた老婆を『駕籠清』で預かって

いることを報告した。

自分の名も、どこから来たのかも分からない老婆には、〈たみ〉という仮の名を付けたこと、『森下富士』という富士塚の名を口にしたので、昨日、深川森下町界隈の自身番を廻《まわ》ったものの、心当たりのある者には出会えなかったことも伝えたのである。

「それと、これはいずれ磯部様のお耳にも届くかと思いますが」

おりんが少し改まり、小名木川の河岸で、女をいたぶっていた男を捕らえ、深川南六間堀町の目明かし、常次に身柄を預けたことも告げると、

「分かった。深川、本所《ほんじょ》に明るい佐伯玄二郎《さえきげんじろう》という同心が居るから、その男にも話をしておこう」

金三郎からは、そんな言葉が返ってきたのである。

「ごちそう様」

朝餉を平らげたおりんは、箸を置いて手を合わせた。

そしてすぐに箱膳を抱えて囲炉裏《いろり》の先の台所に運ぶ。

使った茶碗《ちゃわん》や箸などは流しの桶《おけ》に入れる。

一人で食べた後の、おりんのいつもの作業である。

流しの前の、日の当たる障子の外から、聞き覚えのある駕籠舁き人足たちの談笑する声が聞こえた。

おりんが障子を開けると、嵌《はま》った格子越しに、藤棚の下や井戸端でくつろいだり、駕籠の具合を見たりしている数人の人足たちの姿があった。

「ちょっと、お前さん、どこに座っているんですよぉ」

突然、お粂の甲高い声がした。

台所を出たおりんは、一旦《いったん》居間に戻り、用意していた鉤縄を袂に入れ、十手を懐に差し込んでから帳場へと向かう。

「なにごとよ」

おりんは、帳場格子の近くでおたみの動きを懸命に阻もうとしているお粂に声をかけた。

「この人、わたしの場所に居座ってどかないもんだからさぁ」

おりんに向かって訴えかけたお粂が、ほんの少し動きを止めた間隙《かんげき》を衝《つ》いて、おたみは帳場格子の小机の座布団にちょこんと膝を揃えた。

「ほら、こんな嫌がらせをするんだよ」

お粂は、背後に回っておたみを羽交い絞めにすると、持ち上げようと腰を入れる。

「お祖母ちゃん、そんなことしたら腰を痛めるよっ」

「だってさぁ」

お粂がまなじりを決したその時、

「番頭さん、人数が揃いましたんで、ひとつよろしく」

駕籠舁き人足たちを引き連れた寅午が、声を掛けながら庭から土間に入り込むと、

「なんだい」

羽交い絞めをしたまま、お条は自棄《やけ》のように吠《ほ》えた。

「昨日言われてた人数が揃ったんで、駕籠の行先を教えてもらわねぇと」

寅午の口から『駕籠清』の仕事に関わる用件が出ると、お条は仕方なくおたみを放し、小机の上にあった帳面を摑んで土間近くの框に立った。

するとおたみは帳場の座布団に座って、にこにこと机を撫《な》でまわす。

「駕籠のお迎え先を言うよ。まずは、箱崎一丁目の鰹節《かつおぶし》問屋『土佐屋《とさや》』さんに五つ（八時頃）。伊勢町《いせちょう》河岸の料理屋『藤石屋《ふじいしや》』に五つ半（九時頃）。頭、ここには駕籠は二丁」

「へい」

寅午が威勢のいい返事をした。

「もう一つが、馬喰町《ばくろちょう》二丁目の足力《そくりき》、権太郎《ごんたろう》さんのところに、四つ（十時頃）。今、請け負ってるのはこれだけだ。いつも通り、舁き手の取り合わせは頭に任せるよ」

「へい」

寅午が声を上げると、

「へーい」

続けて返答した駕籠舁き一同は、寅午とともに庭へと出て行く。

いきなり、カチャカチャと算盤を振る音が響き渡った。

帳場格子に着いたおたみが、楽しげに算盤を打ち振っている。

「あぁあ。今日もこの人と付き合わなきゃならないとはねぇ」

大げさにため息をついたお粂は、その場に座り込んだ。

「それじゃ、あたしは近くを廻って来るから」

おりんは、お粂の横をすり抜けながら声を掛けると、土間の草履に足を通した。

その時、

「おりんさん、お客さんだよぉ」

庭から、音次《おとじ》の声がした。

「いま、行く」

おりんが返事とともに、庭に出ると、

「あっち」

音次は表通りの方を指でさしている。

駕籠の具合を見ている駕籠舁きたちの間を縫うようにして、庭の木戸口へ立つと、
通りに固まっていた男たちと眼が合った。

一人は、昨日、深川の自身番に身柄を預けた耕太郎という男だが、連れらしい三人の男たちに見覚えはない。

「おめぇ、駕籠屋の娘かよ」

耕太郎は、庭の人足たちを気にしているのか、遠慮がちに問いかけた。

「そうだけど、なにか」

「いや。なにというか」

耕太郎と連れの男たちは、腕も足も剝《む》き出しにして動く人足たちを横目でちらちら窺《うかが》っている。

「だけど、お前さん。深川南六間町の目明かしから、解き放されて来たのかい」

おりんが尋ねると、

「あぁ」

眼を逸《そ》らした耕太郎は、自分の頰をつるりと撫でた。

「なんのお咎めもなしにですか」

耕太郎は、聞こえなかったふりをして、あらぬ方に眼を向けた。

「お前さんあたしに、ただじゃ置かないと言ったが、その件でお見えになりましたか」

おりんが畳みかけると、

「なんか揉《も》め事ですか」

駕籠舁き人足の伊助《いすけ》が近づいてきて、問いかけた。

元相撲取りの伊助は筋骨隆々としている上に、かつて小結に投げ飛ばされた時の傷《きず》痕《あと》が額に残っている。

「あ、いや。ちょっと、挨拶に寄っただけで」

その伊助を見た耕太郎は慌てて返事をすると、連れと共に急ぎその場を去って行った。


秋とはいえ、中天近くからの日射しを受けていると、さすがに頭は焼けるように熱くなった。

大川《おおかわ》を遡る《さかのぼ》猪牙船《ちょきぶね》に乗っていたおりんは、たまらず手拭いを広げて頬被《ほおかぶ》りをした。

『駕籠清』に現れた耕太郎たちを見送った後、受け持ち区域の見回りに歩いていたおりんは、早めに切り上げて、深川南六間堀町へ行くことにしたのだ。

一旦、家に戻ったおりんは、折よく、堀江《ほりえ》町入堀《ちょういりぼり》で猪牙船を舫《もや》う市松《いちまつ》を見つけた。

「用がなけりゃ、小名木川まで乗せておくれよ」

実の兄の長吉《ちょうきち》と幼馴染みの市松に甘えた声を掛けると、

「しようがねぇなぁ」

顔をしかめながらも請け合ってくれたのである。

大川の下流域にある日本橋と深川は縦横に水路が延びていて、遠回りをして橋を渡るより、船で川を横切った方が楽でいい。

「万年橋《まんねんばし》でよかったのに、悪いわねぇ」

「ここまで来りゃ、おんなじことさ」

市松は、大川に注ぎ込む小名木川へと猪牙船を進め、高橋の袂近くの河岸に船の腹を付けてくれた。

「ありがとう。今度『あかね屋』に行く時があれば、酒の一本はあたしのつけにして飲んでいいからね」

河岸に飛び移ったおりんが声を掛けると、

「そうするっ」

大声を上げた市松は、棹《さお》で石垣を突くと、猪牙船の舳先《へさき》を大川へと向けた。

離れて行く市松の船をほんの少し見送ったおりんは、昨日、耕太郎を鉤縄で巻いた辺りを通り過ぎ、常盤町の角を左へと曲がった。

一丁目から二丁目へと進むと、前方の四つ辻《つじ》を曲がって現れた目明かしの常次が、おりんに気付かずに通り過ぎた。

「常次親分」

足を止めて頭の頬被りを取ると、

「お」

常次はおりんを見て、戸惑ったような声を洩らした。

「親分さんに預けた耕太郎を、解き放したのはどうしてなんですかね」

おりんは穏やかに尋ねたが、

「いや、あれは」

常次はうろたえた。

「その耕太郎が、連れの男三人と、今朝堀留の家に現れたものですからね」

「それで、おめぇは、なんともなかったのか」

「なんともと言いますと、無事だったかということでしょうか」

おりんが惚《とぼ》けて問いかけると、常次は口をただ、もごもごと動かす。

すると、

「親分どうも、いいお日和で」とか「先日はどうも、お世話になりまして」などという声が通りに響き渡った。

表を掃いていた妓楼の若い衆や通りがかりの棒手振《ぼてふ》りたちが、小路から出てきた五十代半ばの押し出しのいい男と、それに続いていた耕太郎に向かってぺこぺこと頭を下げた。

「おめぇ」

耕太郎が、おりんに鋭い目を向けた。

「誰だい」

おりんの横で押し出しのいい男に問いかけられた常次は、急ぎ身を寄せて短く耳打ちをした。

すると、老竹色《おいたけ》に紺色の吉原繋《よしわらつな》ぎの柄を施した着物でおりんの前に立った押し出しのいい男は、黒子《ほくろ》のある耳たぶを指でいじりながら笑みを浮かべた。

「わたしゃ、この耕太郎の父親で、岩五郎《いわごろう》という男です」

「そうすると、常次親分に、耕太郎さんを解き放させたのは、岩五郎さんで？」

おりんは穏やかに尋ねたが、落ち着きを失ったのは常次と耕太郎で、泰然としていた岩五郎は、

「わたしは知らないがね」

と、黒子のある左の耳たぶを指で摘まんだ。

「女をいたぶっていたこちらさんを預けたのはわたしです。預かったからには、お役人にお知らせして、詮議《せんぎ》してもらうのが、御用聞きの務めのはずですがね」

「いや。改めて女に聞いたら、耕太郎さんにいたぶられた覚えはないと言い張ってね」

そういうと、常次は苦笑いを浮かべた。

「なるほど、それで放免ですか。そうしたら、北町奉行所のお役人、佐伯玄二郎様に話は通っておりますから、常次親分さんからそのように返事をしてもらいましょう」

おりんが、突き放したように言い放つと、

「おめぇ、佐伯様を知ってるのか」

常次は、くぐもった声を洩らした。

「あたしが手札を頂いているのは同じ北町奉行所の磯部様だけど、知り合いの佐伯様に話を通して置くと言って下すったんですよ」

おりんが事を分けて話すと、常次は顔をしかめた。

「お前さん、倅《せがれ》に聞けば、堀留の目明かしだそうだね」

岩五郎が、口を挟んだ。

「さようで」

おりんは小さく頷いた。

「堀留界隈は確か、かなり以前、深川の目明かしだった、稲荷松《いなりまつ》の嘉平治親分の受け持ちだと聞いてるがね」

「嘉平治は、あたしの父親ですが、この夏、十手を返上したばかりでございます」

「ほう。あんたは、稲荷松の親分の娘さんかい」

そう口にした岩五郎の眼が、好奇の色を帯びたように見受けられた。

嘉平治が『駕籠清』に婿入りする前、深川では『稲荷松の親分』と呼ばれていた目明かしだったことは、おりんも知っている。

嘉平治が生まれたのは、小名木川南岸の深川海辺大工町《うみべだいくまち》である。

そこには玉穂《たまほ》稲荷があって、当時、枝ぶりの良い松の木が一本植わっていたという。

嘉平治の仕事ぶりや悪党に立ち向かう心意気と姿形が、玉穂稲荷の見事な枝ぶりに似ていることから、そんな二つ名がついたということを、叔父の太郎兵衛から聞いていた。

「おめぇ、牛松《うしまつ》だろう」

近くから、呂律《ろれつ》の怪しいしわがれ声がした。

半白髪の老爺が、岩五郎の方に指をさして、覚束《おぼつか》ない足取りで近づいてきた。

一昨日《おととい》の夜、居酒屋『あかね屋』で見かけた、独り言をいう銑三に間違いなかった。

「おめぇ、牛松だろう。本所の北の、小梅《こうめ》村に塒《ねぐら》のあった、女衒《ぜげん》の牛松だろう」

銑三は岩五郎の眼の前に立って、顔を近づける。

常次と耕太郎が、猛然と銑三を岩五郎の前から引き離す。

「酔っておいでのようだから、どうも、人違いをなすってるね」

余裕を見せた岩五郎は笑みを浮かべると、耕太郎を引き連れて高橋の方へと足を向けた。

「おれは若い時分、髭切銑三と言われた、向島の研ぎ師だよ」

覚束ない足取りで追おうとした銑三の腕を、おりんが摑んだ。

「放しやがれ」

「放さないよ」

おりんがそういうと、銑三の体から力が抜けた。

「とっつぁん、家は近くなのかい」

おりんが問いかけると、銑三は辺りを見やり、

「うん。この辺だった気もするがね」

低い声でいうと、「あいつだ。牛松に違ぇねぇ」とぶつぶつと口にしながら、深川森下町の方へ、ふらふらと歩き去った。

銑三を見送ると、おりんは岩五郎たちが去った高橋の方へ足を向けた。

だがすぐに足を止め、妓楼の戸口の隙間から顔を覗かせていた女郎らしい女に近づき、

「ちょっと聞くけど、岩五郎ってお人は何者なんだい」

小声で問いかけた。

「ここらで睨《にら》みを利かせてる親分で、隣りの『甲屋《かぶとや》』の楼主さ」

「ありがとう」

　礼を言って戸口を離れたおりんが隣りの妓楼を見上げると、二階の部屋の窓辺に立っていた女が、障子の陰にすっと身を隠した。

その顔は、昨日、小名木川の河岸で耕太郎にいたぶられていた女に、どことなく似ていた。

居酒屋『あかね屋』の入れ込みでは、七分ほどの客が賑やかに飲み食いをしていた。

日暮れてから間もない頃で、開け放された戸口の外にはわずかに明るみがあった。

風がほどよく入り込んで、板場から洩れ出る煮炊きの煙を裏口の方へと吐き出してくれる。

板場に近い入れ込みの隅で、おりんは嘉平治や喜八と皿の料理に箸を伸ばしている。

もっぱらご飯や料理に箸を伸ばしており、三人の前に徳利や盃はなかった。

空いた器をお盆に載せて通り掛かったお栄が、

「だけど、弥五平《やごへい》さんは間が悪かったねぇ」

おりんの下っ引きを務める弥五平の名を口にして、土間に下りた。

「今夜『あかね屋』にって誘いに行った時は、四文屋《しもんや》の仕込みを終えてましてね。もったいねぇから、このまま両国橋《りょうごくばし》で店を出すからって返事でしたよ」

喜八が、焼き魚をかじりながらそう答えた。

弥五平は両国橋に店を構えているわけではない。

夕刻になると、両国橋西広小路《にしひろこうじ》に屋台を担いで来て、薬研堀《やげんぼり》の畔《ほとり》で商いをしていた。

「あ、そうそう」

おりんは箸を止め、今日の昼間、銑三を深川で見かけたことをお栄に伝えた。

その時はすでに酒が入っていたようだというと、

「それから銑三さんは、どうしなすった」

お栄は気遣わし気に問いかけた。

「女将、酒を頼まぁ」

「はぁい」

客の声に返答したお栄は、おりんに「またあとで」と言い置いて、板場に入って行った。

「それで、親方を『稲荷松の親分』といった岩五郎って野郎を、ご存じなんで？」

「いや。聞き覚えはねぇな」

嘉平治はほんの少し思案したものの、喜八の問いをはっきりと打ち消した。

「けどまぁ、深川の色街で渡世をしてるとすりゃ、『稲荷松の親分』のことくらい耳にはしてると思いますよ」

そういって椀《わん》の汁を飲み込んだ喜八の言い分に得心がいったのだが、

「それよりも、ここの客だった研ぎ師の銑三さんが、その岩五郎をどうして、女衒呼ばわりしたんだろう」

そのことが、おりんには引っ掛かっている。

二本の徳利の載ったお盆を抱えて板場から出てきたお栄は、入れ込みに上がりおりんたちより奥にいる二人の客に、徳利一本を置くと、

「そろそろ、酒でしょ」

徳利一本と三つの盃を嘉平治の前に置いた。

「気が利くねぇ」

嘉平治がそういうと、

「こっちゃ、長年の客商売でござんすよ」

笑顔で答えたお栄は、空いた器をお盆に重ね始めると、

「それで、預かってるお婆さんはどんな具合なんです」

誰にともなく声を掛けた。

「話が噛《か》み合わねぇもんだから、おっ義母さんはかりかりしてるよ。な」

嘉平治に話を向けられて、おりんは、

「おたみさんは気ままに動き回るし、お祖母ちゃんのいうことなんか聞かないもんだ

から、あたしたちにも文句をぶつけるんだよ。そんな具合じゃ落ち着いて夕餉なんか摂れないだろうから、喜八さんたちと尋ね人の件を話し合うと嘘《うそ》をついて、『駕籠清』を出てきたというわけ」

『あかね屋』に逃げ込んだわけを打ち明けた。

「なるほどね。だけど、お粂さんも可哀相《かわいそう》に」

苦笑いを浮かべると、お栄はお盆を持って板場へと向かった。

「いうのを忘れてたが、おりんちゃんに頼まれてた尋ね人の刷り物ね。ほら、おたみさんの年恰好やら人相やらを書いたものを、深川やその北の本所のあたりまで貼り出したから、そのうち、心当たりのあるやつが現れると思うよ」

そういうと、喜八は、

「まず、親方から」

徳利を摑んで嘉平治に突き出した。

四

八月になったせいか、朝晩の川風には、ほんの少し冷気を感じるようになった。

だが、日中は夏の名残のような暑さに見舞われる。

尻っ端折りした単衣《ひとえ》を着たおりんは、堀江町入堀の煙草河岸《たばこがし》に舫われた猪牙船の艫《とも》で裁着袴《たつつけばかま》の両足を踏ん張っていた。

自ら揺らした船上に立ち、体の脇で鉤縄を回している。

狙っているのは、先刻川面《かわも》に放り投げた、長さ二尺（約六十センチ）ほどの竹筒である。

不安定に揺れる船上から、波間に浮かぶ竹筒を鉤縄で巻き取ろうと、敢えて船を揺らしている。

間合いをはかったおりんの手から離れた鉤縄が、シュッと風を切る音がして宙を飛び、竹筒の少し先で川に突き刺さった。

おりんはすぐに、握っていた細紐を引く。

カキッ――鉄の鉤が竹に当たる音を聞いて、ゆっくりと細紐を手繰《たぐ》り寄せる。

船縁から体を乗り出したおりんは、竹筒と鉤縄を船床に引き上げた。

そして、竹筒に食い込んだ鉤の尖りを、笑みを浮かべて外す。

鉤縄の稽古《けいこ》は、いつもは、『駕籠清《きゆうきよ》』の庭でやるのだが、並んだ四手駕籠《よつでかご》と駕籠舁き人足たちが溜まっていたため、急遽、船頭の市松の持ち船を借りることにしたのだ。

八朔《はっさく》と言われる八月一日は、徳川家康《とくがわいえやす》が初めて江戸に入った日ということで、城内では祝賀が催されるという。

そして、吉原遊郭ではこの日から月末まで、『吉原俄《にわか》』が始まる。吉原の芸者や幇間《ほうかん》が、即興の演芸を廓《くるわ》内の街頭で繰り広げる祭りで、普段は入れない婦女子も無料で見られるというので、見物客でごった返す。

その期間、注文の多い『駕籠清』は駕籠のやりくりで、例年大童《おおわらわ》となる。

日本橋と吉原を一日に二度も往復する駕籠もあり、駕籠舁きたちは、暇を見つけては庭や土間で休み、英気を養っていたのだ。

「おりんちゃん、市右衛門さんが来てるよ」

竹筒をもう一度川に放り投げようとしたとき、堀の北端に立った駕籠舁き人足の完太から声が掛かった。

完太が口にした市右衛門は、堀留の町役人である。

「すぐ行く」

返事をするとすぐ、鉤縄を摑んだおりんは猪牙船から岸辺へ飛び移り、四、五間（約七・二から九メートル）先にある『駕籠清』の土間に、急ぎ飛び込んだ。

「市右衛門さん、お待たせをしまして」

おりんは、土間に立っていた市右衛門に声を掛けると、その横に立っている市右衛門と歳の近い男と、その隣りに立つ半纏を羽織った、歳の頃三十ほどの職人風の男に眼を向けた。

「今、自身番に訪ねて見えたんだが、こちらが本所相生町《あいおいちょう》四丁目の町役人の佐平《さへい》さん」

「佐平と申します」

五十を過ぎたばかりのような男が、おりんに会釈をすると、

「ここにおりますのが、同じ四丁目の指物師《さしものし》の、吾助《ごすけ》でして」

佐平から吾助と呼ばれた男は、硬い顔をして小さく頭を下げた。

「佐平さんたちは、本所の自身番に立っていた尋ね人の立札を見て、心当たりがあるということで訪ねてみえたんだよ」

市右衛門がそういうと、

「一緒に暮らしていた吾助の母親が、五日前、富士詣《もうで》に行くと言って出たまま戻らないってことが分かりまして。立札には堀留二丁目の番屋に知らせをとありましたんで、こうしてお訪ねした次第で」

佐平は丁寧に頭を下げたが、吾助は硬い表情のまま、小さく会釈をした。

「そういうことだから、例のおたみさんをこちらに会わせてもらおうと思ってね」

市右衛門がそういうや否や、

「お祖母ちゃん、どこにいるのっ」

おりんが、大声を張り上げた。

「この人、掃除はちゃんと出来るようだよ」

奥の方から囲炉裏端を通った襷《たすき》がけのお粂が、手にしたはたきを打ち振りながら帳場に現れた。

「おや、市右衛門さん」

お粂が会釈をするとすぐ、箒《ほうき》を手にしたおたみも現れた。

「おさださん」

佐平がそう口にした。

だが、吾助は何も言わず、じっとおたみに眼を凝らしている。

「あぁ、よかったよかった。わたしは自身番に戻りますから、おりんさん、後はひとつよしなに」

笑みを浮かべた市右衛門は、軽やかに表へと出て行った。

「お祖母ちゃん、こちらは吾助さんと言って、おたみさんの息子さんだって」

「おたみって名は、やっぱり出鱈目《でたらめ》だったか」

自分の太腿《ふともも》の辺りを悔しげにポンと叩いたお粂は、その場に膝を揃えた。

すると、おたみはお粂と並んで座る。

「佐平さんたちも、お掛けになって」

おりんが促すと、佐平は、吾助をおたみの近くに掛けさせ、自分は離れたところに腰を掛けた。

「わたしが、おさださんが居なくなったのを知ったのは、つい昨日のことでしてね」

佐平はそういうと、小さくため息をついた。

昨日の夕刻、本所回向院《えこういん》の裏辺りをとぼとぼと歩いている吾助の女房に出くわした佐平は、

「おっ義母さんがいなくなりまして」

吾助の女房のお島《しま》から、初めて事情を聞いたという。

その後、吾助とお島を相生町の自身番に連れて行き、尋ね人の貼り紙を見せたのだった。

だが、貼り紙には老婆の名が『たみ』と記されていて、吾助は、「おっ母《か》さんじゃない」とか「別人ですよ」と頑なに首を横に振った。

「だが、顔かたちはともかく、おさださんと年恰好は似てるから、一度確かめるだけ確かめたらどうだと言い聞かせて、連れてまいりました」

事情を話した佐平は、小さく息を吐いて、項垂《うなだ》れている吾助に眼を遣った。

「ちょいとお前さん、息子さんのお迎えだよ」

お粂が伝法な物言いをすると、

「お初にお目にかかります。今日はお日柄もよく」

おたみは、吾助に向かって手を突いた。

すると、突然腰を上げた吾助が、おたみの手首を摑み、

「帰るぜ」

土間近くに引っ張ろうとする。

「あんたどちら様」

険しい顔をしたおたみが、吾助の手を振り払った。

「惚《ぼ》けちまって、なにも分からねえくせにふらふらして、これ以上恥ずかしい姿を晒《さら》してくれるなよっ」

吾助の激した声にも、おたみはただ、ぽかんとしている。

「ふらふら家を出たら一人じゃ戻って来れねぇんだぞって、何度口を酸っぱくしていったと思うんだよ。そっちは気ままでいいだろうがな、こっちの身になってくれよ。お島は家のことも手が付かねぇ。こっちゃ、腹が立つから指物の寸法に狂いが出るんだ。いい加減にしてくれよっ」

吾助の怒声に、おたみは、

「おぉ、怖」

と、大げさに微笑《ほほえ》んで見せた。

「おたみさんの履物は、向こうだね」

囲炉裏近くの出入り口に向かいかけたおりんが、

「吾助さんあんた、おっ母さんが居なくなったあと、ちゃんと捜したのかい」

お条の鋭い声を聞いて足を止めた。

「捜そうにも、どこにも当てなんかないんですよ」

「近所すらも捜さなかったのかい」

「近所は、女房が――」

「町役人さんにも知らせず、自分で捜そうとしなかったのはどうしてだっ」

お条の舌鋒《ぜっぽう》に、吾助は顔を伏せた。

「ひょっとして、戻って来なくていいと思ったのかっ」

「あぁ、そうだよっ」

顔を上げた吾助は、開き直ったように顎《あご》を突き出した。

「以前は話も通じていたてめぇの親が、倅のいうことも分からなくなり、自分の思いのまま、周りの迷惑を知りもせずふらふら動くんだぜ。それにいちいち構ってちゃ、仕事にもならねぇ。こっちの気も休まらねぇんだっ」

「だから、捜さなかったとでもいうのかい」

お条は、鋭い声を投げかけると、

「そうですよ。このままどこかに居なくなってくれたらと、心底思いましたよ」

吾助は、抑揚のない静かな声で答えた。

「川に落ちて死んでたかも知れないんだよっ」

お粂がさらに声を荒らげた。

すると、しばらく間を置いた吾助は、

「このままだと、おれが、母親の首を絞めたかもしれねぇ」

掠《かす》れた声を洩らした。

その場にいた誰もが、押し黙った。

「お前なんか、このまま帰れ」

腰を上げたお粂が吾助に向かって叫ぶと、表を指さし、

「この婆さんは、このわたしが面倒を見るっ」

とまで口にした。

何も言わず、吾助は表へと飛び出して行った。

「お騒がせして」

ぺこぺこと頭を下げると、佐平は吾助の後を追って出た。

すると、

「ご苦労様でした」

おたみは、出て行った吾助と佐平の方に向かって、手を突いた。

「ちょっと見て来る」

表に飛び出したおりんは、すぐに足を止めた。

堀江町入堀の畔に佇《たたず》んでいる佐平の足元に、蹲《うずくま》った吾助の背中が見えた。

吾助の手の動きから、涙を拭《ふ》いているように、おりんの眼には映った。

居酒屋『あかね屋』は、夜になっても珍しく静かだった。

いつもなら夕日に輝く西の空が、あっという間に黒雲に覆われたせいかもしれない。

暗くなってから雨に降られては困ると思った出職《でしょく》の職人たちが、寄り道を避けたと思われる。

日が落ちてから『駕籠清』を出たおりんと嘉平治は、用心のために蛇の目傘を一本手にしていた。

『あかね屋』の入れ込みには、おりんと嘉平治の他に、離れたところで一人喫《の》む銑三の姿があった。

「お待ちどおさま」

板場から出てきたお栄が、里芋と烏賊《いか》の煮つけや炒り豆腐の器を置くと、

「それで、お条さんとそのおたみさんは、どういうことになったんです」

土間に足を残して框に腰掛けた。

「お祖母ちゃんがなんだか、世話焼きになってしまったのよ」

「着物を洗ってやるから、その間はこれを着ろとか言って、自分の着物を引っ張り出してやったりして、妙な具合になってるんだよ」

そういうと、嘉平治は首を捻り、口元に持って来ていた盃に口をつけた。

「なんだか、年取った姉妹みたいなんだよ」

思い出し笑いをしたおりんは、里芋を口に運んだ。

「雷じゃありませんか」

お栄の呟きに、おりんが耳を澄ますと、微《かす》かに遠雷が届いた。

「捜したんだぜぇ。おめぇが居なくなってからよぉ。二十五年もよぉ」

銑三は、この前のようにガクリと首を折り、背を丸めた姿勢で、時々思い出したように湯呑の酒を口に運んでいた。

深川の妓楼の主《あるじ》である岩五郎を、銑三が女衒の牛松と呼んだことを、おりんは『あかね屋』に入るとすぐ、嘉平治に耳打ちしていた。

「とっくに五十を過ぎた体で、どこでどうしてやがるんだよ、おけい。五十か。ふん。どんな歳の取り方したのか、ふふ、見てみたい気もするがね」

そこで小さく吐息をついて、銑三は徳利の酒を湯呑に注いだ。

「けどなんで、おめぇ、おれから離れた。いやんなったのか。なにも、黙って姿を消さねぇでも――もしかしておめぇ、惚れた男でも出来たのか。そうかい、いたのかい」

小さくふっと笑うと、湯呑に口を近づけた。

「会いたいね。いやかい。だろうね。だから、おれから逃げたんだもんなぁ」

笑って体を揺らした途端、手に持っていた湯呑の酒を板張りにまき散らした。

「銑三さん、何もしないでいいよ」

腰を上げて土間を上がったお栄は、帯に差し込んでいた手拭いを取って、銑三の膝や近くの床を拭く。

「銑三さん、あの子が三日前、深川の常盤町で見かけたそうだよ」

床を拭き終わったお栄が銑三に、おりんの方を眼で指し示した。

「見かけたって、女房をか」

「おじさんをだよぉ」

おりんが笑顔を向けてそういうと、

「おれを」

ぽかんとして呟き、

「常盤町、おれが？　――どうして。そんなとこなんか、行ってねぇはずだが」

銑三は一、二度、首を傾《かし》げた。

「おじさん、少し酔ってたよ。土地の親分に、女衒の牛松って呼びかけてたよ」

「なに」

運んでいた湯呑を口元で止めると、銑三は低く声を出した。

「女衒――牛松――深川常盤町。あぁ。おけいを連れて、昔、深川に行ったねぇ。竪《たて》川《かわ》の、二《ふた》ツ目《め》の橋を渡って」

湯呑に口を近づけようとした銑三は、ふと手を止め、

「あん時、おれたちゃ、どこへ行ったんだ。どこへいくつもりだったんだ。え？　おけい。小名木川の先の、永代寺か？　富《とみ》ケ岡《おか》八幡《はちまん》か？　いや、違うなぁ。常盤町か。おれは、深川常盤町におめぇを。だから、あん時、泣いてたのか。そうか。おれは、おめぇを、捨てたんだなぁ。女衒に売っちまったんだなぁ。そうか。それでおれは、ずっと、一人だったのか」

銑三はゆっくりと、顔を上げる。

虚空を見てひとつ息を吐くと、手を突いて這《は》い、土間に置いていた藁草履《わらぞうり》に足を通した。

「帰るのかい」

お栄の問いかけが聞こえなかったのか、銑三は黙って立ち上がった。

「いつの間にか降ってるよ」

口にしたお栄は、壁に下がっていた『あかね屋』の傘を摑むと先に出て開き、後から出た銑三に傘の柄を持たせた。

「気を付けてお帰りよ」

銑三は何も言わず歩き出して、傘を打つ雨音が次第に遠ざかって行った。

「お栄さん、お勘定は取らなくてよかったのかい」

嘉平治が不審を口にすると、

「最初に来た時、一分（約二万五千円）ほど渡されてましたから、その分がまだ残ってるんですよ」

小さく笑ったお栄は土間を上がると、銑三が座っていた辺りの片付けに掛かった。

五

人形町通《にんぎょうちょうどおり》の地面はたっぷりと水を含んで、ところどころに水たまりも見られる。

おりんは、足の傷がもとで急げなくなった嘉平治と、『あかね屋』の板場で働く六十に近い政三《せいぞう》を気遣いながら、三光新道《さんこうじんみち》へと通りの角を折れた。

一昨日の夜降り出した雨は、昨日一日降り続いて、今日の夜明け前に止《や》んでいた。

朝方顔を出した日はすでに中天近くにあり、湿った路面をきらきらと輝かせている。

刻限は、四つを少し過ぎた頃おいだった。

「こんな時分に申し訳ありません。女将さんが、おりんさんと嘉平治さんにお出《い》で願いたいとおいいでして」

政三が四半刻（約三十分）前に『駕籠清』にやってくると、おりんと嘉平治に頭を下げたのだ。

「詳しいことは、店に着いてから」

政三からそういわれたおりんと嘉平治は、ともかく、『あかね屋』に向かったのである。

三光稲荷を過ぎたところで先に立った政三が、『あかね屋』の戸を開けて、おりんと嘉平治を先に店の中に通した。

「これは」

土間に足を踏み入れたおりんは、思わず声を洩らした。

すぐに嘉平治も入り込むと、入れ込みの框に腰を掛けていた磯部金三郎が、二人に軽く手を上げた。

その横には同心と思しき装《な》りをした侍が腰かけ、近くに立っていたお栄が、

「わざわざすみません」

おりんと嘉平治にゆっくりと頭を下げた。

「嘉平治は顔を知っていると思うが、おりんに引き合わせておくよ。この前話した、同じ北町の佐伯玄二郎だ」

「堀留二丁目のりんと申します。以後、お見知りおきを」

「こちらこそ、よろしくな」

金三郎より幾分年若《としわか》に見える佐伯から声が掛かり、おりんは丁寧に腰を折った。

「それでお栄さん、わたしどもを呼んだのは、いったい――」

嘉平治が問いかけると、

「昨日、雨の降る深川常盤町で、土地の親分の岩五郎が、爺さんに刺し殺されたんだよ」

佐伯が、冷静な物言いをし、さらに、

「その爺さんは、女房をどこにやっただの、返せなどと妙なことを口にしていたようだが、その事情が分からねぇのだ」

と、打ち明けた。

「その爺さんが差していたのが、『あかね屋』と記された蛇の目傘だったんだよ」

金三郎がそう付け加えた。

「それがどうも、うちに来ていた銑三さんらしいんですよ」

そういうと、お栄は両手で口を覆った。

「それでその、お爺さんは」

おりんが鋭い声を発すると、

「岩五郎を刺して逃げる途中、足をもつれさせて水の浅い竪川に落ちたんだが、頭の打ち所が悪かったようで」

「銑三さんは死んだんだって」

お栄は、佐伯の言葉を断ち切っていうと、顔を覆って框に腰を下ろした。

おりんも嘉平治も、声を失った。

「聞けば、二十年以上も前に苦界に売った女房を捜していたようだ」

「いえ、磯部様。わたしが見た限り、あの銑三っていうとっつぁんが口にしたことが、本当のことかどうかは、なんとも言いようがありませんで」

嘉平治の言葉は、穏やかで控えめだったが、

「それじゃ、お父《と》っつぁんは、銑三さんの独り言は作り話だっていうの？」

おりんは声を抑えていたものの、ほんの少し、不満を籠《こ》めた。

「作り話と決めつけちゃいねぇが、耄碌《もうろく》すると、本当にあったことと妄想が入り混じってしまう人もいるじゃねぇか」

嘉平治の物言いは、穏やかだった。

「嘉平治のいうのも分かるよ。歳の行った罪人を調べてみると、多くは、ただの思い

込みやちょっとした僻《ひが》みを膨らませた挙句、凶行に突っ走ってるんだ」

しみじみと口にしたのは佐伯だった。

おりんはふと、おたみを思った。

自分の名も住まいも頭からすっぽりと抜けていたおたみは、何を目指して歩き、何を頼りに町を彷徨《さまよ》っていたのだろう。


おりんと嘉平治は、居酒屋『あかね屋』の表で金三郎や佐伯と別れて、堀留二丁目の『駕籠清』に向かっていた。

佐伯によれば、深川常盤町に異変があったという。

岩五郎の弔いの直後、倅の耕太郎が行方をくらませたのだ。

子分のほとんどが、岩五郎の右腕だった男を跡目《あとめ》に望んでいると知って、耕太郎はあわてて深川から逃げ出したようだと、佐伯は先刻『あかね屋』で、話をそうしめくくっていた。

人形町通から三光新道に入り、杉森稲荷脇の道を通って表通りに出たところで、

「お父っつぁん」

おりんは、『駕籠清』の表に立ち、入るのを躊躇《ためら》っているような三十に近い年恰好の女に眼を留めた。

「うちに、何か用がおありかい」

嘉平治が笑みを浮かべて声を掛けると、女は弾《はじ》かれたように、いきなり深々と腰を折った。

「わたしは、本所相生町の指物師、吾助の女房の、島といいます」

「あぁ」

おりんが声を洩らすと、

「おっ義母さんを連れて帰ろうとここまで来たんですが、どうも、敷居が高くて」

お島は、顔を伏せたまま、声を掠れさせた。

鼠色に千筋《せんすじ》柄のお島の着物は着古しているものの、まめに洗濯しているようで、汚れひとつない。

「お島さん、遠慮なくお入りよ」

先に立った嘉平治が土間に足を踏み入れると、おりんはお島の背を押して『駕籠清』の中へと伴った。

「おっ義母さん」

嘉平治が家の奥へ向かって大声を上げると、階段を下りて来る足音がして、囲炉裏の方から、お粂が現れた。

「おたみさんが、二階からの景色を見たいなんていうもんだからさぁ」

口では困ったような言い方をしたお条が、板張りに膝を揃え、

「どなたでしたかね」

お島に笑みを向けた。

「この前おたみさんを確かめに来た、指物師の吾助さんのおかみさんよ」

おりんがそういうと、

「島といいます」

「おたみさんを迎えに来たんだって」

おりんが笑顔で付け加えた。

「どうして、倅の吾助さんが来ないんだい」

笑みを消したお条の口から鋭い声が飛び出した。

「うちの人のことは、どうかご勘弁願います」

お島は、深々と頭を下げると、

「うちの人が、この前こちら様で悶着《もんちゃく》をおこしたことは、町役人さんから聞きました。わたしは、こちらのお条様のお怒りが尤《もつと》もだと、うちの人を叱《しか》りつけました」

声は低めだが、冷静な物言いをした。

「でも、うちの人の気持ちも、分からなくはないんです」

お島の口から、抑えていた心情のようなものが、ぽつりと洩れ出た。

「うちの人は、八つになるかならないかの時に父親を亡くしました。それで、おっ義母さんは女手一つで吾助さんを育て上げたんです。うちの人が十五になったとき、指物師の親方の所に住み込みで弟子入り出来た時は、嬉《うれ》しくて泣いたと、以前、おっ義母さんから聞いたことがあります。二十六になった三年前、うちの人は親方から許されて、相生町の長屋で指物師として独り立ちしたんです。少しずつ注文も増えて、『これからはおっ母さんに孝行する番だ』と仕事に励み始めたら、喜んでくれるはずだったおっ義母さんが、倅の顔も分からなくなったんです。それが悔しくて、吾助さん、ついつい、きつく当たるようになってしまって」

そこで、お島は下唇を噛むと、さらに続ける。

「ひどいことも口にしました。けど、おっ義母さんにはなんにも通じないんですよ。怒っても、何も堪えてないということが、吾助さんには悔しかったんです。でも、昨日は、雨を見て涙を拭いてました。わたしが声を掛けると、おっ母さんはどこかで濡《ぬ》れてやしないかって、声を震わせました。それで今日、わたしが迎えに行くと言ったら、うちの人、黙って頷いてくれました」

話を終えて、お島は小さく頭を下げた。

最初はそっぽを向いて聞いていたお粂は、途中から、膝の上に置いた手に眼を落としていた。

階段をゆっくりと下りる足音がして、帳場におたみが現れた。

「おっ義母さん」

おたみを見たお島の口から、掠れ声が洩れた。

「あんたもお座り」

お条が板張りを叩いて見せると、おたみは指示された場所にちょこんと膝を揃えた。

「おいでなさい」

おたみが、お島に向かって両手を突くと、

「馬鹿だね。こちら、お前さんのお迎えだよ」

お条がぞんざいな物言いをした。

「えぇっ、亭主がわたしを迎えに来ましたか」

「何言ってんだい。あの世からの迎えじゃないよ。本所相生町からだよ」

お条の伝法な物言いは、まるで喧嘩腰としか思えない。

「あ、おかしいねこの婆ちゃん。涙なんかこぼして」

おたみが笑ってお条を指さすと、

「冗談じゃないよ。こっちゃ、お前さんのことで泣いてんじゃないか。ほんと、嫌んなるよっ」

そう言い放ったお条はくるりと背を向け、眼のあたりを袖口《そでぐち》で拭《ぬぐ》った。

『駕籠清』の表に立ったおりんと嘉平治は、人形町通の方へ歩いていく、おたみとお島の背中をじっと見ている。

嘉平治は、駕籠が戻ってきたらおたみを乗せて、本所まで送ると勧めたのだが、

「久しぶりに、おっ義母さんと歩きますよ」

お島はそういって断り、両国橋へと足を向けたのだ。

お島に手を取られたおたみの姿が、人形町通の角を曲がって消えるまで見送ったおりんと嘉平治は、『駕籠清』の土間に引き返した。

帳場にお粂の姿はなく、

「お祖母ちゃん、どこ」

おりんは声を張った。

「囲炉裏でお茶」

のんびりとしたお粂の声がした。

土間を上がったおりんと嘉平治が囲炉裏端に立つと、茶を飲んでいたお粂が、

「わたしがおたみさんのようになってどこかに行ったら、お前さんたち、捜さなくていいよ」

お粂の声は特段、湿っぽくはなかった。

おりんと嘉平治が、囲炉裏端に座り込むと、

「もし見つけたら、いっそのこと、小舟に乗せて海に流しておくれでないかねぇ」

平然と口にした。

「おっ義母さん、江戸の内海の潮の流れは強いから、櫓《ろ》を漕《こ》ぐのに難儀しますよ」

嘉平治が真顔で答えると、

「もし、櫓も漕がないで外海に出たら、早い潮に流されて、ひょっとしたら異国に行ってしまうかもしれないけど、いいの？」

おりんが静かに問いかけると、

「え」

お粂は息を呑んだ。

「おっ義母さん、もし異国に行くなら、あと五年待つことですよ」

「どうして」

お粂は嘉平治に真顔を向けた。

「長崎の阿蘭陀《オランダ》商館の一行は今年の春に来ましたから、今度江戸に来るのは五年先になります。その時、本石町《ほんごくちょう》の長崎屋《ながさきや》に行って、頼み込んで長崎に連れて行ってもらえれば、阿蘭陀に行く手立ても見つかるかもしれませんがね」

嘉平治が密《ひそ》やかに事を分けて話すと、お粂は小さく唸った。

「お祖母ちゃん、異国の言葉が分からないと、食べるものも食べられなくなるけど、いいのかい？」

おりんが声をひそめると、

「それは、困るっ」

鋭く声を張り上げたお粂は、一気に茶を飲み干すと、ぴんと背筋を伸ばした。

第四話　わけありの女

一

朝早く家を出たおりんが堀留《ほりどめ》二丁目に戻ってきたのは、四つ（十時頃《ごろ》）という頃おいだった。

八丁堀《はっちょうぼり》の同心、磯部《いそべ》金三郎《きんざぶろう》の役宅に行って、一日の指示を仰ぐのと、町内で変事があれば、その報告をするのが目明かしの日課のようなものだった。

しかし、金三郎からは、必ず毎日役宅に来るようにとは言われていない。

荒れた天候の時や所用があるときは来るに及ばず——常々、そう言われているのだが、朝の挨拶《あいさつ》に行くのは、金三郎から手札を頂いている目明かしとして、奉公のひとつだと、おりんは肝に銘じていた。

今朝、役宅に行ったおりんに、金三郎からの指示はなかった。

受け持ちの区域にある芝居小屋で、酒に酔った客同士の喧嘩《けんか》があったことと、芝居町の通りで掏摸《すり》騒ぎがあったことなど、些細《ささい》なことを報告しただけで金三郎の役宅を辞去した。

鎧ノ渡《よろいわたし》から船に乗って日本橋川《にほんばしがわ》を渡ると、おりんは家に戻らず、自分が受け持つ区域を一廻《まわ》りすることにした。

小網町《こあみちょう》の鎧河岸《よろいがし》で船を下りると、銀座《ぎんざ》の北へと足を向けた。

薄柿《うすかき》色に焦茶《こげちゃ》の三崩《さんくず》し柄の着物を尻《しり》っ端折《ぱしょ》りにし、鉄色の細股引《ほそももひき》を穿《は》いており、日射《ひざ》しが心地よかった。

おりんが受け持っているのは、東西は人形町通《にんぎょうちょうどおり》から堀江町入堀《ほりえちょういりぼり》の堀江町までで、南北は、堀江町入堀の北端から銀座の北側の堺町横町《さかいちょうよこちょう》あたりまでだ。十手と共に父親の嘉平治《かへいじ》から受け継いだ区域だった。

その区域に厳格な線引きはなく、近隣の目明かしとも境を越えて自身番を使ったり、捕り物に当たったりしている。

おりんは、区域内を歩きながら、町役人《ちょうやくにん》などが詰めている八か所の自身番に立ち寄ったあと、堀留二丁目の『駕籠清《かごせい》』に帰り着いた。

「ただいま」

おりんが、扉のない木戸門から『駕籠清』の庭に入り込むと、

「お帰りなさい」

二丁の駕籠の具合を見たり、掃除をしたりしていた駕籠舁《か》き人足の巳之吉《みのきち》、音次《おとじ》、完太《かんた》から口々に声が掛かった。

「完太はこれから仕事に行くのかい」

『駕籠清』の裏にある長屋住まいの完太とは、幼馴染《おさななじ》みということもあり、おりんは打ち解けた口を利く。

「なんの。一仕事して、今帰ってきたばかりなんだよ」

完太からそんな声が返ってきた。

「煙草屋《たばこや》の『薩摩屋《さつまや》』さんに頼まれて、麻布《あざぶ》の永坂町《ながさかちょう》まで夫婦者を二丁の駕籠で送り届けてきたんですよ」

藤棚《ふじだな》の下の縁台で足を組んだ人足頭の寅午《とらうま》が、丁寧な口を利いた。

「『薩摩屋』の旦那《だんな》さん夫婦とお紋《もん》ちゃんの二人の兄さんも見送ったあの夫婦者は何者だろうね」

お紋とも幼馴染みの完太はそういうと、首を傾《かし》げた。

「だが、おりんさん、お紋さんの上の兄さんは店で修業してるから家に居るのは分かりますが、浅草《あさくさ》の小間物屋で住み込み奉公してる弟の祥次郎《しょうじろう》さんが、どうしてこっちにいたんでやしょう」

寅午はそういうと、組んだ足を下ろして、煙草入れを帯から外した。

寅午が口にしたお紋の二人の兄を、小さい時分からおりんはよく知っていた。上の進太郎《しんたろう》は今年二十五で、祥次郎は二十一になったはずだ。

「おりんさん、お紋ちゃん」

駕籠の座布団をはたいていた音次が、通りの方を顎《あご》で示した。

おりんが振り向くと、木戸の外に立っていたお紋が含み笑いを浮かべて、手招きをした。

「なによ」

『駕籠清』の庭を出たおりんが、堀江町入堀の方に歩き出したお紋に問いかけると、

「おりんちゃんには一応話しておこうと思ってね」

そう返答したお紋は、『駕籠清』の向かいの角にある酒屋の中に、

「おじさん、堀端の縁台を借りるね」

声を掛けた。

「お、いいよ」

聞き覚えのある酒屋の番頭の声がすると、お紋は堀端に置いてある縁台に腰を掛けた。

おりんは、お紋と並んで腰かける。

眼《め》の前の堀江町入堀は、北端に近い東側近辺を煙草河岸と言われているが、その謂《いわ》れは知らない。

二人が腰かけている縁台は、枡《ます》酒を買い求めた者たちが腰を落ち着けて飲めるようにと酒屋が気を利かせて置いたもので、『駕籠清』の駕籠舁きたちも、仕事帰りによく使っている。

「あたしに話しておくことって、なにさ」

「祥次郎兄さんが、婿入りすることになったのよ」

さらりと口にしたお紋は、縁台に突いた両手に体を預けるようにして、顔を空に向けた。

「それで、向こうの親御さんが挨拶に見えてたの」

「なるほど。うちの人足頭や完太が、祥次郎さんが来てたから何事だろうと言ってたんだよ」

「相手は、麻布の料理屋の娘。そこは娘ばかり三人だから、長女が婿を取ることになったってわけよ」

他人事《ひとごと》のような口ぶりだったお紋が、

「少しは、悔しい？」

おりんに顔を近づけると、低く、秘密めかした声を投げかけた。

「どうしてあたしが悔しがらなきゃいけないのよ」

おりんが口先を尖《とが》らせると、

「祥次郎兄さんと恋仲じゃなかったの？」

「違うわよぉ」

おりんは即答すると、

「歳《とし》が近いし、小さいときからよく遊んだ仲良しってだけだよ。それをなによ、あたしが焼きもちでも焼くみたいなこと言わないでもらいたいわね」

一気にまくし立てた。

祥次郎は、今年十八のおりんより三つ年上だった。

「だってさ、うちの煙草蔵に二人で入ってたこともあったし、二年前の藪入《やぶい》りの時は、一日中祥次郎兄さんと出かけてたじゃないのさ。わたしはてっきり、出合茶屋に忍び込んだに違いないと思ってた」

お紋の追及は容赦なかった。

「朝から夕方まで、市村座《いちむらざ》の芝居を見てたのっ」

「兄さんとはなんでもないの？」

「ないわよ」

おりんはきっぱりとそういったが、本当ではない。

祥次郎と二人きりで過ごした時は何度かあった。だが、小さい時分からの遊び友達で、気の置けない間柄のまま年を重ねただけのことだった。

色恋というほど濃密なものではない。住み込み奉公のために実家の『薩摩屋』を出てからは間遠くなり、おりんの胸中に祥次郎が棲《す》みつくことはなかったのだ。

「おりんちゃん、あの人誰《だれ》」

お紋が、『駕籠清』の方に指をさした。

歳の頃三十くらいの婀娜《あだ》な女が、たまにひょいと下駄を爪先立《つまさきだ》ちさせて『駕籠清』の中を窺《うかが》いつつ、ゆっくり通り過ぎる様子がおりんの眼に映った。

「あたし、行くね」

おりんが腰を上げると、

「うん。わたしはここで一服していくから」

お紋は、根付《ねつけ》のついた煙草入れを帯から外した。

「それじゃ」

声を掛けて、おりんは『駕籠清』の表へと歩を進めると、

「うちに何か御用で？」

婀娜な女に声を掛けた。

「うちって──」

小さく口にした女は、おりんの頭から足元へと眼を走らせた。

「『駕籠清』の者です」

「あの、こちらの嘉平治親分さんにちょっと」

「とにかく、中にお入りになって」

おりんは先に立って、土間の中に女を伴った。

すると、帳場で硯《すずり》の墨を磨《す》っていたお粂《くめ》が手を止めて、顔を上げた。

「こちらがお父《と》っつぁんを訪ねて見えたんだけど」

おりんがお粂に口を利くと、

「それが、例の三回忌だもんだから」

「えっ。親分はお亡くなりになったんで？」

女は口を半開きにした。

「お祖母《ばあ》ちゃん、何いうのよ」

「ほら例の、長年御贔屓《ごひいき》に与《あずか》っていた旗本の牧野《まきの》様のご隠居の、三回忌の法要に行ったっていうつもりだったんだよ」

お粂はおりんに向かって片手を振ると、女に笑みを向け、

「それに嘉平治さんは十手をこの子に受け継がせて、ようやく、『駕籠清』の主《あるじ》とし

ての務めを果たしてくれるようになってます」

そう話を続けた。

「あぁ、そうでしたか」

女は、改めておりんの出で立《いた》ちに眼を遣《や》ると、得心したように小さく頷《うなず》いた。

「それで、お父っつぁんに何か御用でも」

「いえ。おいでならと思っただけでして。また改めますので」

苦笑交じりにそういうと、女は一礼して表へと出て行った。

「お名とお住まいを聞かせていただけませんか」

すぐに追って出たおりんが声を掛けると、

「今、住むところも確かではありませんし——」

言葉を濁した女は、歩き出した足を、ふと止めて振り向いた。

「娘さんは、弥五《やご》さんのことをご存じじゃありませんかねえ」

弥五さん——おりんはふと、胸の内で呟《つぶや》いた。

「かなり以前だけど、嘉平治親分にお世話になった弥五平《やごへい》という人が、いま、どこにどうしているのかと思って」

女は、おりんを見ると、小さく苦笑いを浮かべた。

嘉平治の世話になった弥五平というからには、目明かしを受け継いだおりんの下っ引きを務めてくれている、四文屋《しもんや》の弥五平のことに違いあるまい。

「さあ。あたしは、知りませんけど」

一瞬迷った末に、おりんはそう口走った。

女は、小さく一礼して歩き出した。

女の背中が小さくなるにつれ、微《かす》かに、チクリと胸を刺すものを感じたおりんは、吹っ切るようにして土間に戻った。

「今の女、嘉平治さんの隠し女じゃないのかね」

帳場に着いていたお粂から、囁《ささや》き声が向けられた。

「そういう人なら、お父っつぁんが目明かしをやめたことぐらいとっくに承知のはずだよ」

面倒臭げに言い放つと、おりんは土間から板張りへ上がった。

「だから、嘉平治さんが御用を務めていた時分に馴染んだってこともあるじゃないか」

お粂は妄想を逞《たくま》しくしたが、まんざら妄想とは言えないような気もする。

「なんだか婀娜だしさ、花街にいたような気配《けはい》がしないでもないね。それになんだか、顔に陰があるから、世間の裏側を潜《くぐ》ってきたような匂《にお》いもある。嘉平治さんが御用の筋で動いていたときに知り合った女なのかもしれないね」

「お祖母ちゃん」

おりんが、お粂の妄想に止め立てをした。

「わたしゃなにも、それがけしからんといってるんじゃないんだよ。五年前におまさに死なれて、嘉平治さんは独り者だったんだもの、とやかくいうことじゃないんだよ」

お粂が口にしたおまさというのは、嘉平治の女房だった、おりんの亡き母である。

「まさか、おまさが生きている時分からってことはあるまいね」

喉《のど》から絞り出すような声を出したお粂が、腰を浮かせたとき、

「帰ったよ」

紋付袴《もんつきはかま》姿の嘉平治が、外から土間に入ってきた。

「お帰り」

おりんが迎えると、

「お疲れ様でしたね」

お粂は愛想笑いを浮かべた。

「牧野様の奥方様と跡継ぎの主税《ちから》様から、おっ義母《か》さんにくれぐれもお達者でとのお言葉を頂戴《ちようだい》しましたよ」

そういいながら、嘉平治は土間を上がった。

「わたしのことまで気遣っていただいて、ありがたいことですよ。ところで嘉平治さん、その辺で、歳の頃は三十行ったか行かないかくらいの、妙に色っぽい女の人を見かけませんでしたかね」

笑みを浮かべたお粂が、立ったままの嘉平治を窺うように見上げる。

「誰のことで？」

嘉平治は、お粂に向けた眼をおりんにも向けた。

「嘉平治さんを訪ねて来たんだけど、名乗りもしないで、また来ると言って立ち去ったんだよ」

そういうと、お粂は小さく頷いた。

「それじゃわたしは、着替えを」

嘉平治は、羽織の紐《ひも》を解《ほど》きながら囲炉裏《いろり》の方へ足を向けた。

おりんは、さりげなく嘉平治の後ろに続いた。

嘉平治が、居間とは廊下を挟んだ向かい側にある自分の部屋に入ると、

「お父っつぁん」

後に続いたおりんは、声をひそめ、

「その女の人に、あたし、弥五平さんの消息を聞かれたんだよ」

言葉を続けた。

「弥五平の」

呟いた嘉平治に、おりんは小さく頷いた。

「だけど、あたし、知らないって返事してしまって」

「なんで」

嘉平治が不審を口にすると、おりんは首を傾げて、

「咄嗟《とっさ》に、口に出ただけ」

出まかせを言った。

今思うと、女の口から出た『弥五さん』という言葉の響きに、慣れ親しんだ男と女の匂いを感じ取っていたからかもしれなかった。

二

六つ（六時頃）の鐘が打ち終わった頃、堀江町入堀一帯は、西の空にまだ明るみがあった。

務めを終えた四手駕籠《よつでかご》が四丁、『駕籠清』の土間に肩を寄せ合うように仕舞われている。

駕籠舁きのほとんどは今日の仕事を済ませて、日のあるうちに帰って行ったのだが、

残っていた伊助《いすけ》と浅太郎《あさたろう》はほんの少し前、客の待つ吉原《よしわら》に向けて、空駕籠を担いで出かけて行った。

八月の晴れた日は、吉原は『俄《にわか》』で連日賑《にぎ》わいを見せているようだ。

そのおかげで『駕籠清』も有卦《うけ》に入っている。

おりんと嘉平治は先刻から、帳場の天井から下がった八方の明かりの下、帳面付けに没頭していた。

嘉平治が読み上げる売り上げの数字を、おりんが算盤《そろばん》に入れているのだ。

「あぁ、やってますね」

声を掛けたのは、通りに面している開けっ放《ぱな》しの出入り口から顔を突き入れたお豊《とよ》だった。

「たから湯《ゆ》でばったりお粂さんに出くわしたら、言付を頼まれましてね」

「へぇ、おっ義母さん、なんだって？」

帳面を置いた嘉平治が尋ねると、

「湯屋《ゆや》で久しぶりに味噌屋《みそや》のお仲《なか》さんに会ったんで、帰りは味噌屋に寄って話をするから少し遅くなるって」

そういって、お豊は風呂桶《ふろおけ》の手拭《てぬぐ》いを取り出して、顔の汗を拭った。

「お豊さんありがとう。こっちは承知したよ」

おりんが声を掛けると、「それじゃ」と手拭いを持ち上げて、お豊は戸口から離れた。

お豊は、『駕籠清』の駕籠舁き人足、音次の母親である。

亭主を早くに亡くした後、女手一つで、音次と二つ違いの姉を育て上げていた。

そのお豊が、朝晩の飯炊きや掃除に来てくれるので、家事の不得手なおりんとお粂は大いに助かっていた。

「親方ぁ、お客さんですよぉ」

去ったばかりのお豊の声が表の方から届いた。

それから間もなく、開けっ放しの障子《しょうじ》の間から、昼間の婀娜な女が顔を覗《のぞ》かせ、

「親分、お久しぶりです」

幾分、強張《こわば》った面持ちで会釈をした。

嘉平治は、しばらく女の顔に眼を凝らしていたが、

「確か、お前さんは」

と、呟いた。

「竜《りゅう》です」

女が、そう名乗った。

「あぁ。そうだった。お竜さんだったね」

嘉平治の顔には笑みはなく、かといって嫌がる風もなかったが、目明かしをしていた頃の神妙な面持ちが窺《うかが》えた。

「とにかく、中に入ってお掛けよ」

嘉平治に促されたお竜は、土間に足を踏み入れると小さく頭を下げて、框《かまち》に腰を掛けた。

「昼間、ここを訪ねて来たのは、お前さんだったのかい」

「ええ」

返事をすると、お竜は小さく頷いた。

「わたしに何か用だったのかね。それとも――」

後の言葉を飲み込んだ嘉平治は、お竜の反応をさりげなく窺う。

「あの後、いろいろありまして、今もわたしは、寺島《てらじま》の猪之助《いのすけ》の世話になっております」

微《かす》かに自嘲《じちょう》の笑みを見せて、お竜は小さく顔を伏せた。

「それは、噂《うわさ》に聞いてたよ」

嘉平治が口にすると、お竜は頷き、

「親分、猪之助にはお気をつけなさいまし。堀留の嘉平治は、浅草瓦町《あさくさかわらまち》の太平《たへい》親分の仇《かたき》だと、未《いま》だに恨みを抱えているようですから」

「七年も前のことをか」

嘉平治の眉間《みけん》に皺《しわ》が寄った。

「はい。まるで昨日のことみたいに」

お竜はそういうと、ふうと息を吐いた。

「浅草瓦町の太平親分というと――」

おりんは思わず、低い声で二人に問いかけた。

「わたしが世話になってる、寺島の猪之助の親分に当たる人でしたがね」

お竜が返答すると、

「馬の太平と綽名《あだな》される親分の賭場《とば》にお役人と一緒に踏み込んで、おれが十手で怪我《けが》を負わせたんだよ」

そう口を開いた嘉平治の声に張りがなかった。

博奕《ばくち》はご法度だが、度を踏み外さなければお目こぼしに与《あずか》れていたのだが、馬の太平の賭場に悪評が立って、奉行所としては眼《め》をつぶるわけにはいかない事態になった。北町奉行所の役人、小者《こもの》、捕り手の他、数人の目明かしが大挙して太平の賭場に踏み込んだのが七年前のことだった。

その場にいた太平、その子分たちは踏み込んだ役人たちに、刃物を抜いて抗《あらが》い、賭場は大混乱に陥ったという。

懸命に刀を避《よ》けていた嘉平治は、近くにいた男に思い切り十手を叩《たた》き込んで倒した。

「その男が、浅草瓦町の親分、馬の太平だったんだ。ところが、小伝馬町《こでんまちょう》の牢《ろう》屋敷に入れられてから十日後、おれの十手を受けた傷がもとで、死んだよ」

「それは、いいがかりってもんじゃないのかい」

おりんが口を挟むと、

「太平の身内にすりゃ、誰《だれ》かに恨みを向けなきゃ腹の虫が収まらねぇのさ。博奕で捕まれば親分は遠島の刑だ。とはいえ、行先の島で生き延びることは出来た。生きてさえいりゃ、ご赦免もあったはずの親分を十手で打ち殺した目明かしの嘉平治は、仇になったというわけだ」

落ち着いて話を終えた嘉平治は、微《かす》かに苦笑いを浮かべた。

「だけど、七年も前のことなのに」

「太平親分には、頼りにしていた三人の子分が居たらしくて、それぞれ子分を持たせて一家を構えさせてたんですよ。その一人が、寺島の猪之助なんです」

お竜が、おりんの不審に対して口を差し挟んできた。

馬の太平から分家した寺島の猪之助や他の二家の親分は、手入れのあった賭場には居らず連座は免れたのだという。

しかし、太平の死後、分家した猪之助ら三人の子分たちが分割して受け継ぐことになっていた縄張りを、以前から反目していた博徒《ばくと》たちに次々と奪われ、勢力も稼ぎも大幅に減らして行ったという経緯《いきさつ》を、お竜は語った。

「分家した、猪之助ら三人の子分は、自分たちが惨めになり果てたのは、もとを正せば、太平親分を殺した目明かしの嘉平治のせいだと、恨みを口にしてますよ」

「太平から分家したのは、寺島の猪之助の他に二人か」

嘉平治が呟くと、

「でも親分、あとの二人はこの七年の間に板橋《いたばし》の博徒に加わったり、内藤新宿《ないとうしんじゅく》の香具《や》師《し》の世話になったりして、恨みの牙を研ぐのを忘れてるようです」

お竜は笑ってそう告げた。

「ということは、お父《と》っつぁんを未だに恨んでるのは、寺島の猪之助一人ですね」

おりんが念を押すと、お竜は黙って頷いた。

「仕事柄、恨みを買うのは覚悟の上だが、こうして十手を置いたおれを、今になっても狙《ねら》う奴《やつ》らがいるとはなぁ」

苦笑いを浮かべた嘉平治だが、その眼光には鋭さがあった。

「それじゃ、わたしは」

お竜が、框から腰を下ろそうとすると、

「ここに来たのは、そのことを知らせるためだけだったのかい。いや、娘がお前さんに、弥五平の消息を聞かれたと言ったもんだからね」

　静かに声を掛けた。

「でも、娘さんはご存じないということでしたので」

お竜は土間に立つと、軽く辞儀をして戸口へ足を向けた。

「おれも知らないが、弥五平になんの用だい」

嘉平治の声には、世間話でもするような軽やかさがあった。

背を向けて立ち止まったお竜は、ほんの少し迷ったようだが、ゆっくりと半身になって横顔を見せた。

「わたしを、きっと、恨んでる人ですから。どうしてるか、ずっと気にはなってたんです」

　軽く頭を下げると、お竜は急ぎ表へと出て行った。

「弥五平さんが、どうしてあの人を恨むのさ」

　おりんは、思い切って父に尋ねた。

　軽く「ん」と唸《うな》った嘉平治は、片手で顎をつるりと撫《な》でると、

「お竜は昔、恋仲だった弥五平を見限って、寺島の猪之助のもとに去った女なんだよ」

　静かに口を開いた。

おりんの口からは、ため息のようなものが洩《も》れ出た。

物音ひとつしない帳場に、遠くから笛の音が届いた。

按摩《あんま》のご用を伺う座頭が、夜道で吹いている笛だろう。

それが、ゆっくりと遠のいていった。


五つ（八時頃）を過ぎたというのに、両国西広小路《りょうごくにしひろこうじ》は明かりが満ちており、多くの人の往来があった。

江戸最大の商業地である日本橋の通りも賑わうが、それは日の出から日の入りくらいまでのことで、浅草寺《せんそうじ》奥山《おくやま》と並ぶ歓楽地である両国界隈《かいわい》は、日のあるうちから夜中まで人でごった返す。

おりんは嘉平治と並んで、久しぶりに夜の両国に足を踏み入れた。

「お竜が現れたことを、今夜のうちに弥五平に知らせておこう」

嘉平治は、お竜が去った後、そう呟いたのだ。

お条が湯屋から帰って来ると、

「弥五平に会う用が出来た」

そういって、嘉平治とおりんは『駕籠清』を後にしたのである。

西広小路には、芝居小屋や見世物小屋、操り人形芝居は無論のこと、土産物屋《みやげものや》や食べ物屋もあれば、女目当ての男が押しかける、水茶屋や楊弓場《ようきゅうば》という店もあった。

食べ物や飲み物など、ひとつ四文（約百円）で売る四文屋を本業とする弥五平が、いつも屋台を置く場所はおりんと嘉平治は当然知っていた。

両国橋からほんの少し下流の西岸に、大川《おおかわ》の水が流れ込んでいる薬研堀《やげんぼり》がある。

その薬研堀の口に架かっている難波橋《なんばばし》の北の袂《たもと》が弥五平の商いの場所だった。

若松町《わかまつちょう》の方から薬研堀に向かったおりんと嘉平治は、橋の袂の柳の木の近くに置かれている弥五平の屋台を見つけて、膏薬《こうやく》を売る屋台の陰で足を止めた。

小さな燭台《しょくだい》の明かりに照らされた弥五平が、湯気の立ち昇る屋台を取り囲んで酒を飲む客たちに、串《くし》に刺した肴《さかな》を手渡している。

しばらく眺めていると、串を手にした客たちは弥五平の声に送られて雑踏の中に消えて行った。

客が居なくなったところで、おりんと嘉平治は弥五平の屋台に足を向けた。

「こりゃ、親方。おりんさんまで」

先に二人に気付いた弥五平が、笑みを浮かべて迎えてくれた。

「繁盛してるようじゃないか」

嘉平治が口を開くと、

「へぇ。これからは月見の客が外に出るようになりますから、稼げますよ」

弥五平は頷いて、酒を二つ、おりんと嘉平治の前に置いた。

「ありがたい」

嘉平治が盃《さかずき》に手を伸ばすと、おりんも盃を手にして、父娘《おやこ》は酒を口にした。

「ここにお出《い》でになったのは、暇潰《ひまつぶ》しってわけじゃねぇんでやしょ？」

幾分か声をひそめて、弥五平は二人に問いかけた。

「さっき、『駕籠清』にお竜がやってきたよ」

嘉平治が声を張ることもなく返答すると、弥五平がほんの少し眼を大きくした。

「昼間も『駕籠清』の表に立って、おりんにお前の消息を尋ねたそうだ」

「人に恨まれることのある目明かしだから、相手の用件が分からないうちは、住まいのことなんか教えられないって、その時は、知らないと返事をしておいたんだよ」

おりんは、長々と言い訳を並べ立てた。

「それで、お竜の用件はなんだったんで？」

小さく首を捻った弥五平は、不審そうに嘉平治に尋ねた。

「それが、寺島の猪之助が、馬の太平の仇を取る気でいるらしいと、知らせに来たっていうんだが、妙だろう」

「あいつは今も、猪之助の世話になってると耳にしていましたが」

弥五平は、小首を傾《かし》げる。

「その猪之助の腹積もりを、わざわざおれに知らせに来たというのが、どうも解せねぇ」

「へぇ」

そう呟くと、弥五平は顔を曇らせた。

「それで考えたんだが、お竜は本当のとこ、お前の消息を知りたくて姿を見せたんじゃねぇかと思えてならねぇんだよ」

「そうでしょうか」

弥五平は、またしても小さく首を傾げた。

「それで、お前がお竜をどういうふうに思っているか知れねぇから、おれも、弥五平の居所は知らねぇと返答しておいたよ」

「へぇ。それで結構です」

弥五平は嘉平治に向かって厳しい顔付きでしっかりと頷くと、

「お竜の腹の底ってものは、摑《つか》みどころがありませんから」

声を低めた。

「つまり、それが本当か口から出まかせなのか、捉《とら》えどころがないということか」

「以前のままのお竜なら、独り相撲《ずもう》を取らされるということもありますから、油断は禁物です」

「だが、本当のことなら、お前も喜八《きはち》も、おりんもおれも、用心しなきゃならねぇってことだ」

嘉平治は、低く凄《すご》みの利いた声を発した。

その時、広小路のどこからか、男たちのすさまじい怒号が起こると、驚いたような女の悲鳴も響き渡った。

おりんも嘉平治も弥五平も、その騒ぎの方に眼を向けた。

「よくある喧嘩ですよ」

弥五平が呟くと、

「気を付けろよ弥五。今だって人混みの向こうから、こっちを窺ってるやつがいるかもしれねぇからな」

低いながらもよく通る声で口にすると、嘉平治は人の波に眼を向けた。

八丁堀は、堀留の『駕籠清』よりも海に近いせいか、風向きによっては潮の香が強く流れ込む。

堀を渡った東側にある霊岸島《れいがんじま》は大川の河口であり、満ち引きのある江戸湾の海水と混ざり合うのだ。

八丁堀の亀島町《かめじまちょう》にある磯部家に朝の挨拶に訪れたおりんは、下男に案内されて庭へ回り、庭先で待っていた。

嘉平治と共に、両国西広小路の弥五平に会いに行った翌朝である。

「待たせたな」

奥から現れた磯部金三郎は、着流し姿で縁に腰を掛け、沓脱《くつぬぎ》の草履《ぞうり》に両足を置いた。

「おはようございます」

待つほどのこともなく現れた金三郎に、おりんは丁寧に頭を下げた。

「今日は、格別これといって申しつけることはない。そちらから何か言っておきたいことがあれば聞くが」

「あたしの方も、これといって」

そこまで声にして、おりんはふと、口籠《くちごも》った。

「どうした」

金三郎に問い質《ただ》されたおりんは、

「あたしの父が、何年も前に関《かか》わった捕り物について、お尋ねしたいことがあるのですが」

「口にしてよいことなら、話しもするが。なんだ」

「七年前、浅草瓦町の博徒、馬の太平の捕縛に父の嘉平治も関わったときいております」

「七年前――浅草瓦町」

そう呟いた金三郎が、思案するように、庭木の方に眼を向けた。

「おう。馬の面のように顔が長ぇから、馬の太平と呼ばれていた子分持ちだったな」

そう口にすると、賭場でお縄になった後、太平が牢屋敷で死んだことまでも思い出してくれた。

「博奕で遠島になるだけの太平を、目明かしの十手が殺したと、その時分の子分がいまだに嘉平治に恨みを向けていると、つい最近耳にしたものですから」

おりんは、尋ねたわけを正直に打ち明けた。

「そんなこと、誰が言ったんだよ」

そう呟いた金三郎は、訝《いぶか》し気に首を捻《ひね》った。

「以前、あたしの下っ引きと関わりのあったお人が、そんなような噂話をしていたらしく」

名を伏せて語っていたおりんは、話の結びまでもぼやかした。

「しかし、その話は腑《ふ》に落ちねぇな。馬の太平のもとを離れて、一家の看板を掲げた子分は何人かいたが、太平が死んだあとは縄張りも取られて、方々の貸元のところに草鞋《わらじ》を脱いだと聞いてるぜ。だから、以前の親分の仕返しなんぞ、勝手には出来ねぇし、思いつきもしねぇはずだがね」

金三郎は、依然、腑に落ちない表情を見せた。

「太平の子分で、寺島の猪之助というのが居たのをご存じでしょうか」

「おぉ、知ってる」

「噂だと、その猪之助が、太平親分を殺したのは嘉平治だと言って、未だに仇を取ると口にしているというのですが」

おりんがそういうと、

「それは、口だけじゃねぇのか」

金三郎はあっさりと言い放った。そしてすぐ、

「猪之助ってのは、太平の子分の中では小物だったが、それは今でも変わらないよ」

小さく笑って猪之助を評した。

猪之助は今、浅草から橋を渡った先にある、生まれ在所からほど近い小梅村で数人の渡世人を抱える親分として収まっていると、金三郎はいう。

猪之助は近隣の空き家や荒れ寺などで賭場を開いているが、莫大《ばくだい》な金が動くような博奕場ではなかった。そこへ来るのは、近隣の百姓の小せがれ、中之郷《なかのごう》や浅草今戸《いまど》の瓦《かわら》職人、紙漉《かみす》きの職人、それに大名家下屋敷の軽輩《は》の侍や中間《ちゅうげん》がほとんどだった。

いかさま博奕で客に借金を背負わせて身ぐるみ剝いだり、女房や娘を身売りさせたりしているという話も耳に入るが、確証は得られていない。

「だが、職人たちの遊び場としての賭場なら、目こぼしもしようが、女子供の売り買いが絡んでると調べがついたら、ただでは済まさねぇ」

「さようでしたか」

金三郎から意外な話を聞いて、おりんは感心したような声を出した。

「そんな猪之助に、たとえ相手が目明かしといえども、お上の御用に関わる者を殺す度胸はねぇよ。太平の仇を取ると吹聴してるのは、同業の連中から、義理に篤いだの感心だのといわれたいだけの、小物ゆえの小賢《こざか》しさだろうさ」

猪之助についてそう断じたあと、

「だが、おりん。おれやお前たちの仕事は、知らぬ間に人の恨みを買うことがあるもんだ。そのことは忘れるんじゃねぇよ」

金三郎の口からも、日頃、嘉平治から聞かされている言葉を掛けられて、

「ありがとう存じます」

おりんは深々と頭を下げた。

三

日が真上に昇った昼過ぎ、おりんは『駕籠清』の向かいにある蕎麦屋《そばや》で昼餉《ひるげ》を摂《と》っ

ていた。

八丁堀の磯部家から戻ってすぐに朝餉を摂ったのだが、昼近くになると空腹に襲われた。

『駕籠清』では普段、昼餉の用意はしない。

腹を空《す》かせた時は、火鉢で餅《もち》を焼いたり、残りの飯を握りにして食べたり、今日のように近所の食べ物屋に飛び込む。

堀留二丁目にある蕎麦屋の『田毎庵《たごとあん》』は表通りの角地にあって、『駕籠清』とは瓢《ひょう》簞新道《たんじんみち》へ通じる小路を挟んで向かい合っている。

おりんが、蒸籠《せいろう》にわずかに残った蕎麦を箸《はし》で掬《すく》った時、店の外で何かがぶつかる大きな音がした。

先客の残した器や蒸籠などをお盆に重ねていたお運びの年増女《としま》が、物見高く表へと飛び出した。

表が気にはなったものの、おりんは蕎麦の残りを汁につけて頬張《ほおば》った。

「おりんさん、荷を積んだ荷車が、『秀峰堂《しゅうほうどう》』さんの板壁にぶつかってますよ」

表から戻ってきたお運び女が、『駕籠清』の隣りにある経師屋《きょうじや》の名を口にした。

「ごちそうさん」

おりんは、盛蕎麦の代金十六文（約四百円）をお盆に置くと、表へと飛び出した。

『田毎庵』と『駕籠清』の間から大伝馬町《おおでんまちょう》の方へ通じる小路の先に、駕籠舁き人足の完太と伊助や、通りがかりの者たちが固まっているのが見えた。

「怪我人はないのかい」

固まりに向かいつつ声を掛けると、完太と伊助が人垣を分けて、おりんを通してくれた。

樽《たる》や炭俵などを積んだ大八車の梶棒《かじぼう》が、経師屋の戸口近くの板壁にぶつかったらしく、『秀峰堂』の番頭や手代など三人が、壁に破損がないか確かめており、近くに屈《かが》み込んだ寅午が、両足を伸ばして座り込んでいる老爺《ろうや》の足に手を当てている様子も眼に入った。

「痛むかい」

寅午の問いかけに、

「そこが少し」

とうに六十は超えたと思える老爺がか細い声で答えた。

「どこか打身はあるだろうが、骨が折れてる様子はなさそうだね」

そういうと、寅午は立ち上がった。

「車がぶつかったのは『秀峰堂』さんでしたか」

息を切らして駆けつけて来たのは、完太一家が家を借りている『信兵衛店《しんべえだな》』の大家

の為造《ためぞう》で、

「おぉ、おりんさんも、おや、寅午さんまで」

見知った顔を見かけると、いちいち声に出した。

「わたし親戚《しんせき》の法事があってね、葛飾《かつしか》の方に行ってたもんで、昨日やっと町役人の務めを市右衛門《いちえもん》さんから引き継いだばかりなんですよ」

そういうと、為造は大きく息を吐《つ》いた。

江戸の町々には、地主格の者からなる町役人とも月行事《がちぎょうじ》とも呼ばれる者が、月替わりで公用と町用に携わっており、町内の自身番に詰めるのも務めの一つであった。

「為造さん、あたしは『秀峰堂』さんに聞きたいこともあるし、この車曳《ひ》きのとっつぁんを先に自身番に連れて行ってくれませんか」

「わかりました」

為造がおりんの申し出を受けると、寅午が、

「足が痛そうだから、伊助はとっつぁんを自身番に担いでいって、完太は大八車を曳いてやれ」

二人にそう命じた。

老爺を背後から抱え上げた完太は、しゃがみ込んだ伊助に背負わせると、自分は大八車の梶棒を摑《つか》んで、表通りへと向かった。

「それじゃ」

寅午はおりんに声を掛けると、為造と連れ立ってその場から離れて行った。

立ち止まって成り行きを見ていた野次馬たちはあっという間に左右に散ると、おりんは荷車がぶつかった板壁に顔を近づけた。

『秀峰堂』は、煙草屋の『薩摩屋』のある瓢簞新道と大伝馬町へと抜ける道が交わる丁字路にある。

瓢簞新道から大八車を曳いてきたものの、荷の重さに負けて角を曲がり切れず、『秀峰堂』に突っ込んだものと思われた。

「梶棒をここにぶつけたもんだから、とっつぁんは跳ね返されたようだ」

独り言のように呟いたおりんは、

「『秀峰堂』さん、壊れてる壁板は、取り替えることになるんでしょうね」

顔見知りの番頭に尋ねる。

「ええ。戸口のすぐ横で目につきますから、そこに疵《きず》を残したままには出来ませんね」

「ということは、あのとっつぁんに修理代を出させるということになりますか」

おりんは、努めて穏やかに問いかけた。

「なにを仰《おつしや》いますかおりんさん」

番頭は、右手を大きく左右に振ると、

「あのとっつぁんに悪意があったら払っていただきますが、弁償など思ってもいませんよ」

笑みを浮かべて、おりんに向かって小さく頷いた。

堀留の自身番は、堀留一丁目と二丁目を分ける小路の東側にある。

経師屋『秀峰堂』の番頭と話をつけたおりんが、自身番の中に入ると、車曳きの老爺は三畳の畳の間で、文机《ふづくえ》に着いた為造の近くに畏《かしこ》まって座り、両手を膝《ひざ》に置いていた。

「待たせて済まなかった」

そういって二人の間に膝を揃えたおりんは、建物の壁板を破損させた車曳きに弁償を求めないと言った『秀峰堂』の番頭の言葉を伝えた。

「そりゃ、なによりだ」

為造がそういうと、老爺は安堵《あんど》したように「はぁ」と息をついた。

「今まで話を聞いていたんだがね、とっつぁんの名は八十吉《やそきち》だそうだよ」

為造が、書き留めた紙を見ておりんに告げると、

「歳は六十五で、馬喰町《ばくろちょう》の『伊勢甚《いせじん》』という車屋から仕事をもらっているそうだ」

とも言い添えた。

「昔ぁ、あのくらいの荷なんぞ、どうということはなかったんだが、知らぬ間に、以前の力はなくなっていたんだねぇ」

顔を伏せたまま、八十吉はため息とともにぼやきを口にした。

「とっつぁん、その歳で大八車を曳くのは危ないよ。今日は家の壁にぶつかっただけで済んだけど、人に当たったら、死なせてしまってたかもしれないよ」

おりんがそういうと、何か言いかけた八十吉は、言葉を呑《の》んだが、

「それでも、なにかしねぇと、暮らしが立たねえのよ」

語気を強めた。

「とっつぁんは、誰か、身内と暮らしているのかい」

「一人だよ」

八十吉はおりんにそう答えると、

「女房も娘も、三十年も前に、おれから離れて行った」

ガクリと項垂《うなだ》れた。

「この前、大伝馬町の通りで、八十吉さんと年恰好《としかっこう》の似た馬子が、暴れ馬に引きずられて行って大怪我をしたのを見たばかりだったんだ。そろそろ、その歳に見合うような働き口を探したらどうなんだい」

おりんがそう勧めると、

「そんな働き口があるのかねぇ」

八十吉は不安そうに首を捻った。

「なにかあるよ。もし、その気があるなら、知り合いの口入れ屋に口を利くから、あたしを訪ねておいでよ」

「おりんさんの家は、この並びにある、二丁目の『駕籠清』さんだ」

為造が付け加えると、

「へぇ。ご親切にどうも」

八十吉は、両手を膝に置いて頭を下げた。

「あたしは引き揚げるけど、あとは町役人さんに任せますよ」

そういうと、おりんは腰を上げた。

「始末書きを認めたら、こちらのとっつぁんには引き取ってもらいますよ」

「そうしておくれ」

為造に返事をすると、おりんは自身番の外に出た。

堀江町入堀の北端に差し掛かった時、堀端《ほりばた》に山のように重ねてあった醬油樽《しょうゆだる》の陰から出てきた女が、おりんの行く手を阻むように立った。

「お前さん」

眼の前に立ったのがお竜だと分かると、思わず声を洩らした。

「嘘《うそ》つき」

冷ややかな表情のお竜は、抑揚のない声をおりんにぶつけ、

「無邪気そうな顔をしてるが、お前さん、相当な玉だね」

口の端を歪《ゆが》めて薄笑いを向けた。

「なんのことです」

「さっき、駕籠舁き人足に聞いたら、弥五さんは時々『駕籠清』にも来るし、あんたの下っ引きを務めてるっていうじゃないか。どうしてわたしに嘘をついたんだい」

凄みの利いた声で睨みつけた。

「お上の御用を務めるあたしら目明かしが、人から恨みを買うってことは、お竜さんも承知のことじゃありませんか。ですから、たとえ下っ引きとはいえ、そう簡単に居所を教えるわけにはいかないんですよ」

おりんが事を分けて口にすると、「ふう」と息を吐いたお竜は横を向いた。すると、帯の前で交差させた両手を左右の袖口《そでぐち》に差し込んで、くるりと堀の方を向いた。

しばらく背中を見せていたお竜は、いきなり、足元の小石を、自棄《やけ》のように下駄で蹴飛《けと》ばした。

堀の水面《みなも》からは、か細い水音がした。

「お竜さん、この前、うちのお父っつぁんに、弥五平さんに恨まれてると口になすったね」

そう問いかけたが、足元の小石を片方の下駄で弄《もてあそ》んでいるだけで、お竜から返事はない。

「どうして、恨まれているのか教えてもらえませんかねぇ。その話次第では、弥五平さんのところに案内してやっても構いませんよ」

おりんの言葉に、石を弄んでいたお竜の下駄が、動きを止めた。


市村座のある葺屋町《ふきやちょう》と中村座《なかむらざ》のある堺町は、芝居町とも称されていた。

芝居町の通りには料理屋などの食べ物屋や土産物屋などが立ち並び、芝居見物の客だけではない多くの人々が、朝からひっきりなしに行き交うのだ。

おりんは、お粂の父親の代から親しくしている『花菱《はなびし》』という芝居茶屋に頼み込んで、空いていた小座敷を借りた。

先刻、話を聞くにはどこがいいかとおりんが聞くと、

「静かすぎるところは話しにくい」

お竜からそんな答えが返ってきたので、賑やかな通りにある芝居茶屋にしたのだった。

芝居茶屋が混み合うのは、幕間《まくあい》と芝居が跳ねた後の夕刻からだということは、前々から承知している。

おりんとお竜が通された八畳間は、楽屋新道《がくやしんみち》に面している二階にあって、通りから湧《わ》き上がる喧騒《けんそう》に混じって、芝居小屋の鳴り物や歓声も微《かす》かに届いていた。

「七年前まで、弥五平さんとは二年ばかり、恋仲だったよ」

窓の障子を少し開けると、お竜が話の口火を切った。

その頃、弥五平は浅草田原町の料理屋の駆け出しの板前で、お竜は浅草寺奥山の水茶屋で茶汲《ちゃく》み女をしていた。

「十手持ちならご存じだろうが、水茶屋で売るのはお茶だけじゃなく、話によっちゃ、この身だってね」

お竜は、表情を変えず、片手を胸のあたりに置いた。

茶汲み女が、話次第では客に身を任せることをおりんは知っていた。

「わたしの父親は、昔は腕のいい下駄屋だったんだ。それが、酒癖の悪さと腕の怪我が重なって下駄が作れず、あとは荒れるばかりになってさぁ」

そこまで話すと、お竜はため息をつき、父親はその後、酒代欲しさに博奕に入れ込んだと打ち明けた。

賭場の借金はあっという間に十両（約百万円）にもなったが、お竜の稼ぎでは返済など土台無理なことだった。

「それでわたし、十両なんか無理とは知りながらも、父親の借金の工面を弥五さんに頼んだんだよ」

そんなお竜の頼みを、弥五平は引き受けたという。

だが、弥五平がいくら奔走しても容易に集まる額ではなかった。

「惚《ほ》れた女の親が困ってるんじゃないか。わたしの間夫だというなら、なんとかするのが男じゃないか」

お竜はその後も、弥五平に無理難題を押し付けた。

料理屋の主《あるじ》に頭を下げてでも借りてくれとまでせっつくようになると、顔を合わせれば罵《ののし》り合いとなり、二人の間には大きな亀裂《きれつ》が生じた。

「そうしたら、父親が今度は、寺島の猪之助の賭場で新たな借金をこさえちまってね。それも五両（約五十万円）。十両の借金も返せないっていうのに、その上五両なんて、わたしは思わず、父親の喉《のど》を突き刺そうと、簪《かんざし》を引き抜いたこともあった。そしたら、手を合わせて父親がわたしを拝むんだ。涙流して、お竜助けてくれって」

そこまで話すと、細めに開けていた障子を、音を立てて閉めた。

通りから湧き上がっていた喧騒が遮られて、小座敷が静まり返った。

「わたし、寺島の猪之助に会いに、竹屋《たけや》ノ渡《わたし》から船に乗って小梅村に行ったんだ。そして、父親には他に十両の借金もあるから、猪之助の五両を今すぐ返すことは出来ないからこの身を買ってくれないかと申し入れたんだよ」

そう打ち明けたお竜は、

「その時分にはもう、弥五さんとは冷え切っていたから、自分のことなんかどうでもいいと思ったんだよ」

淡々と口にした。

父親が猪之助の賭場で作った借金の五両は棒引きとなり、お竜は、他の借金分の肩代わりにも応じてくれた猪之助の情婦になったのだ。

ところが、日が経《た》つにつれて、弥五平の存在が目障りになってきたという。

自分は金に転んだという後ろめたさに、苛《さいな》まれるようになったと苦笑いを浮かべた。

弥五平が自分をどんな目で見ているのかと思うと、気が咎《とが》めて仕方がなく、猪之助にもその苛立《いらだ》ちを隠さなくなった。

どうしたっていうんだ——猪之助からの叱責《しっせき》を受けたお竜はついに、

「弥五平が邪魔で仕方がないんだよ。目障りなんだよ」

手切れとなった恋仲の男の名を口にした。

すると、猪之助はお竜が知らない間に、子分の一人に弥五平殺しを命じていたのだ。

「あとで分かったことだけど、その子分というのが、小さい時分から弥五さんと同じ長屋に住んでいた三つ四つ年下の安吉《やすきち》という男だったんだ」

そこまで口にしたお竜は、小さく吐息をついた。

そして、弥五平の周辺を密かに嗅《か》ぎまわった安吉は、猪之助が弥五平殺しを命じた裏にはお竜の存在があると感づいたのだと、話を続けた。

「おめぇなんか、鬼畜生だよっ」

猪之助の家に押し入ってきた安吉は、その場で酒を飲んでいたお竜に匕首《あいくち》を向けてそう叫んだと、声を掠《かす》れさせた。

お竜に襲い掛かった安吉は、その場にいた二人の子分に押し返され、家の外でめった刺しにされたという。

その後、安吉の死骸《しがい》は水戸《みと》家下屋敷近くの川端に運ばれて、夜の大川に投げ捨てられたことを、お竜は猪之助から聞かされたのだ。

その何日か後には、猪之助とお竜は、安吉殺しの下手人探しが始まっていることを知った。

投げ捨てられた安吉の死骸を引き上げたのは、大川を仕事場にする堀留の船頭だったため、北町奉行所の指示によって、堀留界隈の目明かしが探索に当たることになった。その一人が堀留二丁目の嘉平治だった。

殺されて二日目で見つかった死骸の顔かたちは残っていた上に、腕の髑髏《どくろ》の彫物が、死骸は安吉と分かる手掛かりとなった。

本所浅草界隈に、髑髏の彫物を得意とする『彫政《ほりまさ》』という彫り師がいると分かって死骸を見せると、「寺島の猪之助一家の若い者、安吉」だと断じたのだ。

「そこにやってきたのが、堀留の嘉平治親分だったよ」

お竜はそういうと、息をひとつ継ぎ、

「安吉が殺されたわけを聞く嘉平治親分の調べは厳しかったね。本当の事情なんか言えないから、猪之助もわたしも、心当たりはないとか、もしかしたら、他の博徒の若い衆と揉《も》めた挙句に殺されたんじゃないかなんて言い逃れしてるところに、包丁を握った弥五さんが現れたんだ」

その時、そこに居合わせた嘉平治が弥五平を押しとどめて惨劇を防いだのだと、お竜は呟いた。

その後の調べが進むうち、猪之助の子分二人が、安吉を殺したと名乗り出たという。

金の貸し借りのことで揉めたので殺したと子分二人は言い張り、猪之助の関与は一切口にしなかった。

「だけど、二人の子分は、どうして猪之助を庇《かば》ったんだろう。遠島の刑か、下手をすれば死罪になるのに」

おりんは、不審を口にした。

「二人の子分の親も借金に喘《あえ》いでいたんだよ。多分猪之助は、借金の肩代わりをし、親きょうだいの面倒は見るとでも言って、因果を含ませたと思うよ」

お竜によれば、子分の二人は遠島の刑を受けて、八丈島《はちじょうじま》に流されていた。

その後、猪之助とお竜の耳に、板前をやめた弥五平が、堀留二丁目の嘉平治の世話になっているという噂が届いたが、深く気に留めることはなかったという。

「あれから七年。七年経つけど、時々、胸がちくちく痛むんだよ。刺さった棘《とげ》を抜くにはどうすりゃいいのか考えた末に、一度、弥五さんに会って、詫《わ》びのひとつもと思ってね」

そういうと、お竜は「はぁ」と息を吐き、顔を伏せた。

そしてすぐ、窓の障子を少し開けた。

緩やかな風とともに、芝居町の喧騒もすっと入り込んだ。

「夕刻の六つに、杉森稲荷《すぎのもりいなり》に来てください。弥五平さんの仕事場に案内します」

おりんは抑揚のないを声を洩らした。

四

日が沈んで四半刻（約三十分）以上が経った村松町《むらまつちょう》の通りに夕闇《ゆうやみ》が迫っている。

両国西広小路が近くなるにつれ、人の流れも多くなっていく。

葺屋町の芝居茶屋で話をした後、おりんは一旦お竜と別れて、『駕籠清』に戻った。

家の用を済ませたり、近辺の自身番に顔を出したりした後、お竜と落ち合うことになっていた杉森稲荷へと足を向けたのだ。

「日が落ちてから、いったいどこへ行くんだい」

出がけに、帳場のお粂から声が掛かると、

「ほらあれだよ。太郎兵衛《たろべえ》叔父さんから、この月は『俄』で賑わう夜の吉原に行こうじゃないかと誘われていたもんだから」

おりんは咄嗟《とっさ》に、神田佐久間町《さくまちょう》に住む叔父を口実にした。

「ふぅん」

そんな声を出したお粂から、それ以上の詮索《せんさく》はなかった。

しかし、通りに出たおりんの背中に、

「あぁあ。夜の吉原を覗いてみたいもんだけど、わたしは、仕事に出かけた駕籠の帰りを待たなきゃならないからねぇ」

お粂の恨めしげな声が追いかけてきたが、聞こえないふりをして足を速めた。

杉森稲荷で落ち合ったおりんとお竜は、浜町堀《はまちょうぼり》を渡って両国橋の西広小路を目指していた。

若松町から小ぶりな武家屋敷の間を通り抜けると、そこは薬研堀の畔《ほとり》である。

日が暮れて間もない頃おいだが、広小路の一帯に人が集まり、大道で鳴らされる三味線《しゃみせん》などの鳴り物、見世物小屋の呼び込みの声、食べ物をはじめ様々な物売りの声が賑やかに交錯している。

「こっちへ」

おりんは先に立つと、薬研堀の畔を難波橋の方へとお竜を案内した。

橋の北側の袂に置かれた屋台からは湯気と煙が立ち昇り、烏賊《いか》焼きや芋煮などを皿に並べている弥五平の姿が見えた。

その近くまで歩を進めたおりんとお竜が足を止めると、その気配に、弥五平が顔を上げた。

お竜を見て一瞬眼を見張ったものの、弥五平は気に留めない様子で、すぐに烏賊を焼台に並べ始めた。

「弥五平さんが、『駕籠清』に出入りしていることをお知りになったもんだから」

それだけいうと、

「あたしはこれで」

おりんは踵《きびす》を返した。

「おりんさん、ここにいてくれませんか」

弥五平からそんな声が掛かり、おりんは戸惑ったように振り向いた。

「こちらさんとどんな話になるかしれませんが、おれがもし、手荒なことをしそうになったら、止めてくれるのはおりんさんぐらいですから」

弥五平のいうことが本気なのか冗談なのか分からず、おりんはお竜に眼を向けた。

すると、弥五平のいうことを承知したとでもいうように、お竜は小さく頷いた。

「おりんさん、すみませんが、客が来たら売ってください。烏賊も酒も芋煮も、なんだって四文ですから、面倒なことはありませんので」

「分かった」

おりんが頷くと、

「すまないが、酒を貰《もら》えないかね。二つ」

お竜は、おりんに注文を出した。

「酒はおれが」

そういうと、弥五平は屋台の下から通徳利《かよいとつくり》を出して、ひとつのぐい飲みに酒を満たす。

「弥五さんは」

「おれはいい」

弥五平は愛想もなくそういうと、お竜にぐい飲みを持たせて、自分は襷《たすき》を掛けたまま屋台を離れ、柳の木の植わった大川の岸辺に立った。

ぐい飲みを手にしたお竜は、弥五平のいる川岸に立ったが、二人の間には柳の木が突っ立っていた。

大川の川面を、音曲を鳴り響かせて一艘《そう》の屋形船が浅草の方へと遡上《そじょう》して行く。

柳の木に体を寄せたお竜が、ぐい飲みを口に近づけて一口飲むと、

「すまなかったよ」

低く、絞り出すような声を出した。

柳の木を間にして立っている弥五平は、なんの反応も示さない。

「あのあと、堀留の嘉平治親分の世話になってるらしいって噂は聞こえてたんだけど、のこのこと、顔を出すわけにもいかないしさ」

「顔なんか、出すには及ばなかったよ」

弥五平の声は特段冷ややかではなかったが、情感はなかった。

焼台で烏賊などを焼きながら、おりんは岸辺の二人の声に耳をそばだてていた。

「一度、詫びようかと思わなくもなかったんだよ。だけど、いざとなると、身がすくんでしまって」

そこまで口にしたお竜は、ぐい飲みを呷《あお》った。

「おれに詫びとは、なんのことだい」

弥五平の口からは、やはり、感情の籠らない声がした。

広小路の方から、大きな笑い声がした。

大道芸人が妙技を披露したのかもしれない。

「わたし、猪之助に弥五さんを殺してと頼んだんじゃないんだよ」

お竜は、手に持ったぐい飲みを見ながら、まるで語り掛けるように口にした。

弥五平は何も言わず、その場にしゃがみこんだ。

「大川を挟んだ浅草に、弥五さんがいると思うと落ち着かないっていうようなことは言ったかもしれない」

「おれが目ざわりだったんだろう。だから」

言いかけた弥五平は、そこで言葉を呑んだ。

「猪之助が安吉に殺しを命じたなんてことは、後になって知ったんだよ。知ったけど、その時はもう手遅れで、安吉はあんなことに――」

そういうと、お竜はぐい飲みの酒を一気に飲み干して、

「いいわけしても、始まりはしないか」

聞こえるか聞こえないくらいの声を洩らした。

猪牙船《ちょきぶね》と屋根船が通り過ぎると、ほどなくして、寄せてきた波が岸辺にぶつかる音

がし始めた。

「すまないが、酒をもう一つ頼みますよ」

お竜は体を捻り、屋台のおりんにぐい飲みを掲げてみせる。

通徳利を持って柳の木の下に行くと、おりんはお竜のぐい飲みに酒を注ぎ入れ、屋台に戻った。

「わたし、いつの間にか年増女になってたよ。ふん。二十八だもの。弥五さんより三つ下」

しゃがんでいる弥五平の背中に動きはない。

「猪之助は、こんなわたしには眼も向けず、若い女ばっかり可愛《かわい》がる。何人いるんだろ。浅草奥山の水茶屋の女に、亀戸天神《かめいどてんじん》門前の飲み屋の女、浅草駒形《こまがた》の三味線の師匠。この前、わたしはあんたの何なんだいって聞いたら、ただの邪魔者だってさ。笑ってしまうだろ？」

小さく鼻で笑うと、お竜はぐい飲みに口を付けた。

「邪魔だったら殺せばいいじゃないかって言ったら、そうしたいのはやまやまだが、化けて出られると面倒だから、生かしてるんだと言い返される始末だよぉ」

低い声ながら、吠《ほ》えるように言い連ねたお竜は険しい顔になり、頭上で揺れる柳の葉を思い切り引っ叩《ぱた》いた。

するとすぐ、ふふふと小さく笑い、

「みんな、罰だ」

お竜はぐい飲みの酒を飲み干して、屋台の方に近づいてきた。

「ごちそう様」

おりんに声を掛けると、懐《ふところ》の巾着《きんちゃく》から銀を摘まんで屋台の縁に置いた。

「弥五平さん、一朱（約六千二百五十円）だけど」

おりんが川岸の弥五平に呼び掛けると、

「酒二杯だと、八文（約二百円）だが」

腰を上げた弥五平は屋台に戻り、おりんが差し出した一朱を摘まみ、

「多すぎる」

お竜の眼の前に突き出した。

「多いのは、詫び賃だと思っておくれ」

「もらえねぇ」

「いいから、取っておおきよっ」

怒ったような顔をしたお竜が声を荒らげると、

「弥五さんはどうだか知らないが、わたしとしてはあんたに詫びて、今やっと、気が済んだ心持ちなんだよ」

くるりと背を向けて広小路の喧騒の方へと向かった。

そのお竜の背中から微かに、「達者で」という声が聞こえたような気がした。

「やっぱりここか」

そういいながら近づいて来た嘉平治が、

「駕籠舁きの円蔵《えんぞう》が、年増女と連れ立って両国の方に行くお前を見たって言ったもんだからな」

笑い顔をおりんに向けた。

「おりんさんが、例のお竜をここに連れて来てくれまして」

弥五平は、嘉平治に穏やかな声で告げた。

「それで、なにか、話せたのか」

嘉平治の問いかけは、柔らかい声だった。

「昔のけりは、さっき、つきました」

そんな言葉が弥五平から出ると、おりんは思わず、小さく相槌《あいづち》を打った。

「そしたら、酒をもらおうか」

嘉平治が、しんみりとした場を打ち壊すように陽気な声を張り上げると、弥五平は屋台の縁にぐい飲みを三つ並べ、通徳利の酒を注いだ。

「さっき、思いがけずご祝儀を貰ったんで、酒はわたしの奢《おご》りです」

「それじゃ、遠慮しないよ」

嘉平治が、ぐい飲みを軽く持ち上げると、おりんと弥五平もそれに倣《なら》い、三人は黙って酒に口を付けた。

両国西広小路を後にしたおりんと嘉平治は、武家地の道を浜町堀の方へ向かっている。

おりんが先刻、お竜を両国へと案内した道だった。

さすがに秋の半ばともなると、夜風は冷たい。だが、弥五平の屋台で飲んだ酒が利いているのか、火照った顔には心地よい風である。

ぐい飲みの酒を一杯飲み終えた時、弥五平の四文屋に客が来たのを潮に、おりんと嘉平治は帰路に就いた。

両国を離れるにつれて盛り場の喧騒は遠のき、夜の帳《とばり》の下りた武家地の通りは暗さが濃くなったような気がする。

「おりん、気をつけろ」

嘉平治が、低い声を発した。

思わず耳を澄ましたおりんは、背後の足音に気付いた。

一人の足音ではない。

「次の角を左に折れて待つぞ」

その声に頷いたおりんは、嘉平治と並んで丁字路を左に折れると、塀に身を寄せた。

すると、追ってきた人影が二つ、丁字路を右へと曲がった。

「おれらに、何か用か」

嘉平治が鋭い声を掛けると、足を止めた二つの影が、ゆっくりと顔を向けた。

その時、雲間に隠れていた月が現れて、辺りを照らした。

一人は法衣らしいものを身に纏《まと》い、金剛杖《こんごうづえ》を手にした蓬髪《ほうはつ》の男で、もう一人は着物を尻っ端折りにした男だが、伸びた髪を後ろで束ねた様子から、盛り場で獲物《えもの》を狙う破落戸《ごろつき》の類《たぐい》だと思われる。

「若い娘と遊ぶ金があるようだから、おれたちにも少し回してもらいてぇ」

薄笑いを浮かべた尻っ端折りの男が、粘りつくような物言いをして、嘉平治たちとの間合いを詰めた。

「それは、断る」

そう返答した嘉平治が身構えたのに気付いて、おりんは懐に手を入れて、十手を摑む。

すると突然、法衣の男が金剛杖に仕込んでいた刀を引き抜いて、嘉平治に斬《き》り込んできた。

「お父っつぁん、これっ」

おりんは、仕込みの刀から身を躱《かわ》した嘉平治に十手を放《ほう》り投げた。

「おりん、こいつら、ふん縛るぜ」

嘉平治は、おりんが投げた十手を摑んで法衣の男に向けた。

「殺してやる」

尻っ端折りの男は、懐から抜いた匕首をおりんに向けた。

十手を嘉平治に投げた直後、おりんは袂に落としていた鉤縄を取り出して細紐を解き、いつでも使える態勢を取っていた。

「野郎」

法衣の男の突き出した仕込み刀が、腹に迫るのを待った嘉平治は咄嗟に体を躱して、男の腕に十手を叩きつけた。

「ギエッ」

悲鳴を上げた法衣の男は、刀を落とした腕を抱えて倒れ込み、痛みに耐えかねてごろごろと路面を転がる。

「この女《あま》ぁ！」

尻っ端折りの男が匕首を振り上げたと同時に、おりんが放った鉤縄が音を立てて飛び、男の腕に巻き付いた。

おりんが細紐を思い切り引くと、一、二歩たたらを踏んだ尻っ端折りの男は、腹から路面に倒れ込んだ。

法衣の男の帯を引き抜いた嘉平治は、

「おりん、鉤縄で絡め取れ」

男の腕を帯で巻きながら、指示を出した。

「あぁ」

そう返事をした時、おりんはとっくに尻っ端折りの男の手足に細縄を巻いて動けなくしていた。

静かになった武家地に、微かだが、広小路のさんざめきが届いていた。

五

堀留界隈は朝早くから風が吹き抜けている。

野分《のわき》というほどの風ではないが、乾いた路面の塵芥《ちりあくた》を運んでいた。

六つ半（七時頃）過ぎに朝餉を摂り終えて、おりんと嘉平治は早々に『駕籠清』を出て、堀留二丁目の自身番に入り込んだ。

両国からの帰り道、おりんと嘉平治が男二人に襲撃されたのは昨夜のことだった。

「おはよう」

おりんが声を掛け三畳の畳の間に入ると、

「おはよう」

向かい合って茶を飲んでいた喜八と町役人の為造から、朝の挨拶が返ってきた。

「喜八、昨夜からいろいろ済まなかったな」

嘉平治が労《ねぎら》いを口にすると、

「なんの。奴ら、昨夜から静かにしてますよ」

喜八が畳の間の隣りの板張りを指さした。

板張りの間の板壁には、〈ほた〉と呼ばれる鉄の輪が設《しつら》えられている。捕らえた二人の襲撃者は、自身番に備えられていた縄で両腕を縛り、〈ほた〉に繋《つな》いでおいた。

二人を絡め取ったおりんと嘉平治は、昨夜、『駕籠清』に戻る途上の高砂町《たかさごちょう》に住む喜八に声を掛け、堀留二丁目の自身番への同行と見張りを頼んでいたのだった。

「日の出とともに町役人さんが見えたんで、八丁堀の磯部様にはお知らせに行ってきました」

喜八は、おりんが頼んでいた同心の磯部金三郎への報告も済ませてくれていた。

「さて、二人にはじっくりと話を聞かせてもらうよ」

先に立ったおりんが板張りの間に移ると、喜八と嘉平治も続き、

「こっちの法衣みてぇなもんを着てるのが捨松《すてまつ》で、こっちが半助《はんすけ》と名乗りました」

喜八は、男二人の名を口にした。

「捨松に半助、お前たち、昨夜はあたしたちを両国からつけていたね」

おりんの問いかけに、二人の男は不満げに小さく口を尖らせて、顔を伏せた。

さらに、

「それも、あたしが目明かしだと知っての上でね」

おりんが畳みかけると、

「おれらは、堀留のかへい――」

途中まで声にした捨松は慌てて口を閉じた。

「やっぱり、狙いはおれだったか。昨夜、娘が十手を引き抜いても、お前ら驚きもしなかったからな」

嘉平治がそういうと、繋がれた二人は顔を伏せた。

「お前ら、今のうちにわけを言え。お上の御用を務める目明かしの命を狙ったと分かれば、もうすぐここにお出でになる北町奉行所のお役人に牢屋敷に連れて行かれ、容赦のねぇ詮議を受けることになるぜ。そこで、お前らどれだけ耐えられるか、楽しみだな」

喜八が凄みを利かせると、

「千住《せんじゅ》の博奕打ちから、堀留の嘉平治を殺せば礼をするって頼まれたんだよぉ」

　半助が、今にも泣きそうな顔で白状した。

　それによると、捨松と半助は、千住の賭場で知り合った『念仏《ねんぶつ》の八五郎《はちごろう》』という博奕打ちから、嘉平治殺しを持ち掛けられたという。

『念仏の八五郎』は、二年半ほど前、自分の親分が謂《いわ》れのない罪を着せられて、役人や目明かしたちに取り囲まれた時、堀留二丁目の目明かしの嘉平治の十手で打ち殺されたのだと語った。

　その時、「嘉平治を殺したら、礼金十両をはずむ」と『念仏の八五郎』に頭を下げられて、捨松と半助は前金の一分（約二万五千円）を貰ったと告げた。

「それは、妙だな」

　嘉平治はそういうと、小首を傾《かし》げ、

「おれは、千住でそんな捕り物をした覚えはねぇよ。それに、二年半前というと、おれが左の足を刺されてから半年ばかりしか経ってねぇ時分だ。傷は治っても、思い通りに足を動かせなくなったおれが、二里（約八キロメートル）も先の千住に出張《でば》って捕り物なんかできるわけもねぇ」

　呟きを洩らした。

「うん。そうだね」

おりんは声を出して頷いた。

「そんなことがあれば、下っ引きのおれも付いて行ったはずだが、そのころ千住に捕り物に出向いた覚えはねぇんだがよ」

喜八が、捨松と半助を睨みつけると、二人の顔には戸惑いと不安がこびりついた。

嘉平治が足を刺されてから間もなく三年が経つ。

神田明神の祭礼の夜、弥五平や喜八たちと人混みの整理を受け持っていた時、何者かに左太腿の付け根近くを刺されて、嘉平治は深手を負ったのだ。

誰が刺したかは未だに分からないが、身内か友人をお縄にした嘉平治に恨みを持つ者の凶行だろうと思われた。

「お前ら、目明かしを殺せば箔《はく》がつくとでも思ったんじゃねぇのか」

喜八が問い詰めると、捨松と半助は小さく頷いた。

「馬鹿野郎が。その『念仏の八五郎』って奴も、お前らと同じ手合いだよ。お前たちに殺させておいて礼金も払わず、堀留二丁目の嘉平治を殺したのはおれですと、仲間内から褒められようとしたに違いねぇんだ。お役人のお裁きを受けたら、大いに悔やむんだな」

喜八の説教に、〈ほた〉に繋がれた二人の口から、切ないため息が洩れ出た。

その日の夜、嘉平治とおりん、そしてお粂が、『駕籠清』の囲炉裏を囲んでいる。

一日の務めを終えた四手駕籠が帳場の土間に仕舞われ、駕籠舁き人足たちはとっくに引き上げていた。

日が暮れてから堀江一丁目の『たから湯』に行っていたおりんが、『駕籠清』に戻ると、

「ちょっと話がある」

嘉平治に呼び止められて、囲炉裏端に腰を下ろしたのだ。すると、

「え。なんだいなんだい。酒宴の始まりかい」

好奇の眼を光らせたお粂まで加わったのである。

「おりんおめぇ、やっぱり、目明かしの務めはやめな」

静かな物言いだが、嘉平治の声音には並々ならぬ重みがあった。

「そりゃいいね」

すぐにお粂から賛同の声が上がった。

「お父っつぁん、あたしに何か落ち度があったのかい」

「そうじゃねぇ。今日、自身番の捨松と半助を見ているうちに、その方がいいと思ったのさ」

小さく息を継いだ嘉平治が火箸を握ると、火の気のない囲炉裏の灰を取り留めもな

く掻《か》き回し始めた。

「目明かしというお務めは、てめぇが知らない間に恨みを買うもんだと、改めて思い知らされたよ。おめぇが手柄を立てれば立てるほど、恨む奴が増えて行くと思わなきゃならねぇ」

「それは覚悟のうえだよ」

おりんは平然と答えた。

「だがな、お前の分だけ背負えば済むというもんじゃねぇ。嘉平治の後を継いだとなると、おれに向けられた恨みまでも背負う羽目になるかもしれねぇんだ」

語気を少し強めた嘉平治が、火箸を灰に突き立てた。

「そうだよ。嘉平治さんよく言って下すった。ねぇおりん、大した手柄を立てていない今の内に、十手は返上した方がいいんだよ」

お粂は珍しく強気に出た。

「あたしは、そんなことは覚悟のうえで十手を受け取ったんだ。それもこれも、お父っつぁんの足に匕首を突き入れた奴を見つけ出したい一心でねっ」

「だが、おりん、そんなおめぇの傍《そば》にいる弥五平や喜八を、巻き添えにする恐れもあるんだぜ」

諭すような嘉平治の物言いがおりんには少し堪《こた》えて、何もいえなくなった。

「その返事は、何も今すぐじゃなくていい。考えることだ」

嘉平治がそういうと、

「そうだね。考えることだよ」

お粂からは柔らかな言葉が向けられた。

言い返す言葉がみつからず、軽く俯いたおりんは、唇を少し尖らせた。

堀留二丁目にある自身番の上がり框に、中天に上がった秋の日が柔らかく降り注いでいる。

ほどなく、十五夜の月見を迎える頃おいである。

おりんは、詰めていた者が書き記した自身番の書付を、上がり框に腰を掛けて眼を通していた。

湯呑《ゆのみ》を載せたお盆を持った町役人の為造が出て来て、

「この三、四日、町内ではこれという騒ぎはなかったんだよ」

そういいながら上がり框に膝を揃え、おりんの傍にお盆を置いた。

「そのようだね」

小さく頷いて、おりんは書付を閉じた。

おりんと嘉平治を襲った男二人を、堀留二丁目の自身番で調べたあと、北町奉行所の同心、磯部金三郎に引き渡したのは、四日前のことだった。

「おりんさん、茶でもお飲みよ」

「うん。ありがとう」

笑みを浮かべて湯呑に手を伸ばした時、すっと影が差した。

柵《さく》の外に、金三郎を伴った嘉平治が足を止めていた。

「これは磯部様」

おりんが腰を上げて、柵の中に踏み込む金三郎と嘉平治を迎えた。

「どうぞ」

嘉平治が、上がり框に掛けるよう勧めると、

「それじゃ」

金三郎は腰を掛けた。

「わたしは、お茶を」

為造は、急ぎ畳の間へと入って行った。

「今朝、役宅に伺いましたが、昨夜からお出かけとのことで」

「それだよ。出かけていたそのわけを知らせに来たのよ」

金三郎は、立っているおりんに笑みを向けると、

「先日の朝、八丁堀の役宅に来た時、寺島の猪之助のことをおれに尋ねただろう」

「はい」

頷いたおりんは、お竜が『駕籠清』に現れた日の翌日のことだと覚えていた。

「昨夜は、役人や目明かし、小者や捕り手たち総勢二十数名が、寺島の猪之助の賭場を急襲するというので、奉行所に詰めていたんだよ」

金三郎によれば、昨夜は、猪之助が音頭を取った年に一度の花会だった。浅草本所あたりの博徒の親分衆が集まっており、猪之助をはじめ、数人の親分衆と子分ども十三人を捕縛したということだった。

「磯部様は、そのことを密かに探っておいでだったんですね」

おりんが尋ねると、

「そうじゃねぇんだよ」

金三郎は片手を横に振った。

「磯部様のお話によれば、昨日の夜、猪之助が大きな花会を開くと記された文が北町奉行所に投げ込まれたということだから、仲間割れがあったようだ」

嘉平治が口を開いた。

「ところが、密告文を書役の者に見せると、女文字だというんだよ」

「え」

おりんは、金三郎の声に小さく反応するとすぐ、嘉平治に眼を移す。

すると、嘉平治が微かに頷いた。

「猪之助はどうやら、女に恨まれていたようだな」

「昨夜お縄になった中に、それらしい女はいたんでございますか」

おりんがさりげなく問いかけると、

「いなかったよ」

金三郎は首を横に振ると、框から腰を上げた。

その時、

「お待たせを」

為造が、二つの湯呑をお盆に載せて出てきた。

「とっつぁん、すまねぇ。おれは博徒どもを押し込めてる茅場河岸《かやばがし》の大番屋に顔を出さなきゃならねぇから、行くよ」

軽く片手を上げると、金三郎は堀江町入堀へと足を向けた。

自身番の柵の外に出たおりんは、並んで見送った嘉平治に、

「奉行所に知らせたのは、お竜さんだよね」

密やかに口にした。

「かもしれねぇが、お竜さんの居所が分からないんじゃ、確かめようがねぇ」

小さく笑った嘉平治は、「おれは室町《むろまち》まで」と口にして、伊勢町《いせちょう》河岸の方へと向か

って行った。

おりんが『駕籠清』の方に踵を返すと、蕎麦屋の『田毎庵』の角から姿を現した弥五平が眼に留まった。

「弥五平さん」

声を掛けると、弥五平はおりんの方に歩み寄って来て、堀江町入堀の畔で向かい合った。

「嘉平治親方から頼まれたとやってきた喜八から、寺島の猪之助がお縄になったと聞いたもんだから」

「なんだ。そのこと、あたしが知らせようかと思ったところだったんだよ。ちょっと、話もあったし」

「話というと」

「ん」

曖昧《あいまい》な返事をしたおりんは堀の方に体を向け、両国橋の四文屋にお竜を案内した帰り道、嘉平治とともに男二人に襲撃されたことを打ち明けた。

「そのことも喜八から聞きましたが、襲った方にすりゃとんだ災難だったようで」

弥五平は小さな笑みを浮かべた。

「そのことで、お父っつぁんに目明かしをやめるよう諭されたんだよ」

おりんはそういうと、目明かしを続ける是非を、お粂も交えて話し合ったことを大まかに告げた。

嘉平治やおりんの捕り物に恨みを向ける者がいるとすれば、下っ引きの弥五平や喜八にも累が及ぶのだということを言われて、その時おりんは、なんにも言い返せなかったのだと素直に打ち明けたのだ。

「喜八さんや弥五平さんを、巻き添えにするわけにはいかないもの」

おりんは堀の方を見たまま、呟くような声を洩らした。

「そんなことは、気にしちゃいけません」

弥五平の口から、静かな声が返ってきた。そして、

「お上の御用を務める目明かしの下っ引きを引き受けたってことは、わたしにも、多分喜八にも、一蓮托生《いちれんたくしょう》の覚悟があったからです」

その言葉を聞いて、おりんは弥五平に眼を向けた。すると、

「目明かしのおりんさんに何かあれば、わたしも喜八も、なんとしても守る覚悟ですから」

弥五平はおりんに厳しい顔を向けると、小さく頷いた。

「それを聞いて、これからも、あたしは務めに励めるよ。ありがとう」

「なんの。それじゃ、四文屋の支度がありますんで、わたしは」

「あ、そうだ」

おりんの声に、行きかけていた弥五平が足を止めた。

「あたし、今度から弥五平さんのこと、弥五さんと呼んでいいかな」

「構いませんが、どうして」

尋ねられて、おりんは一瞬言い淀《よど》んだが、

「短いし、とにかく、言いやすいからだよ」

伝法な口を利いた。

「へぇ。お好きにどうぞ」

屈託のない返事をすると、弥五平は軽く手を上げて、両国橋の方へと急ぎ去って行く。

その姿が小路に消えると、おりんの口から、「はぁ」とため息が洩れた。

〜鍋《なべ》え、釜ぁ、鋳掛《いかけ》え〜

堀端を後にしたおりんの背後で、鋳掛屋の口上が長閑《のどか》に響き渡った。

※この作品はフィクションであり、登場する人物・団体・事件等は、すべて架空のものです。

―――本書のプロフィール―――

本書は、小学館文庫のために書き下ろされた作品です。

小学館文庫

十手家業《じってかぎょう》　かぎ縄《なわ》おりん

著者　金子成人《かねこなりと》

二〇二二年七月十一日　初版第一刷発行

発行人　石川和男
発行所　株式会社 小学館
〒一〇一-八〇〇一
東京都千代田区一ツ橋二-三-一
電話　編集〇三-三二三〇-五九五九
販売〇三-五二八一-三五五五
印刷所 ――― 中央精版印刷株式会社

この文庫の詳しい内容はインターネットで24時間ご覧になれます。
小学館公式ホームページ　https://www.shogakukan.co.jp

ISBN978-4-09-407140-5